MÍDDIAN MEIRELES

NADA CLICHÊ

MÍDDIAN MEIRELES

NADA CLICHÊ

PL

1ª Edição

Diretor Editorial
Editora Ponto Literário

Editor Chefe
Elaine Cardoso

Revisão
Carla Santos

Capa e Projeto Gráfico
Denis Lenzi

Diagramação
Elaine Cardoso

FICHA CATALOGRÁFICA FEITA PELA EDITORA

M453n
MEIRELES, MÍDDIAN.

Nada Clichê / Meireles, Míddian.- São Paulo
Editora PL - Ponto Literário, 2018 204p. 16 x 23

ISBN: 978-85-68292-92-1

1. Literatura Brasileira. 2. Romance

CDD: B869.3
CDU: 821.134.2(81)

"Como pode? Duas pessoas tão diferentes se amarem a ponto de não conseguirem desviar os pensamentos um do outro? Certo dia me perguntaram: Por que você se apaixonou? Eu respondi: Não sei... E talvez continue não sabendo. Eu simplesmente amo, acordo e vou dormir com ela nos meus pensamentos."

- Caio Fernando Abreu

PRÓLOGO

Há momentos na vida em que o destino parece querer mostrar que quem manda é ele. Que é o seu dono e determina quem você deve ser, como deve seguir e, principalmente, com quem deve ficar. Só que ele também gosta de ser escroto quando quer. Na verdade, o destino é um grande piadista e masoquista, adora ser o escroto e te sacanear.

E não ter controle sobre isso e nem poder lutar ou revidar, era uma porra!

Nunca fui uma pessoa muito adepta a relacionamentos. Na verdade, eu era mais um discípulo ao sexo sem compromisso. Não era por ser um garanhão inconversível ou algo do tipo, era simples, parecia que dividir uma vida com outra pessoa tomaria não apenas parte da liberdade que eu tanto gostava de ter, mas, principalmente, boa parte de mim mesmo. E, definitivamente, não achava que estava preparado para abrir mão do que eu era.

Confesso, eu também era muito vaidoso e egocêntrico, talvez até demais, para que minha vida girasse em torno de outra pessoa que não fosse eu. Com uma carreira bem-sucedida, um dos sobrenomes mais influentes do Brasil, preferia dedicar o restante do tempo de minha vida a mim mesmo, seja malhando, me divertindo ou pegando uma mulher qualquer, para ter o sexo que queria ter, sem mais do que isso para me preocupar.

Para que mais?

Costumava ir bem com essa minha rotina. Tinha a vida que pedi a Deus e que era motivo de inveja de muitos. Dinheiro suficiente para passar o resto da vida sem trabalhar, as mulheres mais belas do país a minha disposição e principalmente: sossego.

Meu Deus! Como era bom ter sossego!

Como costumam dizer, um dia tudo muda. Toda nossa vida tão maravilhosa e repleta, muda. Mesmo que não esperemos e muito menos que queiramos que isso aconteça. Minha família achava que eu precisava de uma mulher para me relacionar e posteriormente me casar. Uma mulher, obviamente, com uma família tradicional como a minha, requintada, educada, formada com honras, a típica esposa troféu, ou como nos dias atuais preferem chamar "bela, recatada e do lar". Só que ninguém, principalmente eu, esperava o que aconteceria na minha vida. Jamais esperaria a pegadinha que o destino resolvera me pregar.

Para que entendam melhor a situação que vos falo, vou contar a minha história. A história de como eu, um cafajeste da melhor categoria, um cafajeste com *pedigree,* acabei me envolvendo com uma das piores raças de todas: a dela.

O que aconteceu? Aconteceu a última coisa que poderia acontecer com um homem como eu: apaixonei-me por uma periguete.

1
LORENZO

Seis da manhã era o horário que meu despertador tocava todos os dias. Eu costumava seguir uma rotina diária e não era adepto do famoso "mais cinco minutinhos". Era prático, o despertador tocava, eu levantava, fazia o que tinha fazer no banheiro, antes de seguir até a academia particular, que ficava na minha cobertura; e, em seguida, tomava um delicioso e necessário café da manhã, antes de me vestir com um dos meus ternos, de dezenas das melhores grifes, escolhia um carro alemão da garagem, antes de finalmente seguir para minha empresa e começar mais um dia.

Eu costumava adorar ser "eu", adorava a vida que levava, estava acostumado a ela e tinha orgulho de tudo que construí com meus próprios esforços. Só que , às vezes, parecia sentir falta de algo que não sabia explicar o que era. Talvez estivesse chegando àquela fase dos trinta em que começamos a nos questionar sobre nossas vidas.

É. Talvez fosse isso mesmo! Ou talvez eu tivesse apenas que mudar um pouco minha rotina... Fazer um ménage talvez!

Essa era, de fato, uma opção interessante, embora não fosse nenhuma novidade para mim.

Não era mesmo!

Estava filosofando, quando meu celular começou a tocar e, como não podia desviar minha atenção da direção, fui obrigado a atender pelo correio de voz do carro, pois, embora fosse irresponsável da minha parte fazer isso, como advogado eu tinha de estar preparado para atender um cliente a qualquer hora do dia. Mesmo que isso significasse ir para uma delegacia tirá-lo de lá. Afinal, eu era pago para isso. E muito bem pago, diga-se de passagem.

— Lorenzo Bernardi — atendi, com minha usual saudação.

— *É assim que você atende a sua mãe?* — A voz do outro lado soou irritada e me fez revirar os olhos.

— Desculpe, dona Marta, não vi que era a senhora. Bom dia, mãe. Como vai? — minha pergunta foi feita tentando controlar a ironia e ela bufou em resposta.

— *Estaria melhor se você ao menos desse um pouco de atenção para sua pobre mãe* — dramatizou e, mais uma vez, me vi obrigado a revirar os olhos.

— Desculpe, mamãe, tenho trabalhado bastante. Prometo me esforçar para estar mais presente. — Isso era verdade.

— *Isso é realmente* ótimo. *E já que é isso que pretende fazer, filho, você tem a oportunidade de se redimir.* — Sua voz ganhou um tom animado, que me fez esperar pelo que viria a seguir com cautela. — *No próximo sábado, como você sabe, teremos o Baile Anual dos Bernardi's. Eu tenho uma acompanhante para você.*

Oh, merda!

Foi a minha vez de bufar. Nem acreditava que ela estava me falando mesmo isso. Quer dizer, acreditava, porque era minha mãe e dela eu poderia esperar qualquer coisa. Ainda assim, ela me assustava sobremaneira, especialmente quando vinha com seus pedidos, que estavam mais para imposições.

Um fato importante para se saber, era que esse baile era importante para a nossa família, não apenas por ser mais uma maneira de arrecadar dinheiro para instituições de caridade, mas ela também tinha uma finalidade além dessa. Para nós, da família, ele era conhecido como o *"Baile Anual para arranjar um Casamento para os Bernardi's"*.

Eu não costumava acreditar nisso. Para mim era apenas uma lenda da nossa família com o intuito de nos assustar ou apenas nos render ao matrimônio. Não acreditava até ver com meus próprios olhos isso acontecendo.

Há quatro anos, meu irmão mais velho, Antony, sofreu uma intervenção parecida quando nossa mãe veio com essas mesmas palavras. Até aí tudo bem, era apenas uma lenda da família, certo? Errado! Pois seis meses depois daquela noite, Tony se casava com sua acompanhante, Olívia Dantas.

Um raio não cai duas vezes no mesmo lugar, não é isso que dizem? Foi o que eu me dizia para tentar me convencer de que essa coisa de maldição não existia, porém, no ano seguinte, aconteceu o mesmo com meu irmão, Benjamin, que se casou um ano depois com sua acompanhante, Carla.

Um é pouco, dois é bom, mas três é, definitivamente, uma prova de que essa "lenda" não tinha apenas um pouco, mas estava mais para um poço fundo de verdade e foi assim que ano passado foi a vez da minha irmã, Alícia, que era a última pessoa que achei que se casaria um dia, subir ao altar. Por que eu achava isso? Pois em minha cabeça, ela tinha uma vocação grande para ser freira ou até mesmo lésbica. Mas novamente estava enganado, porque ela se casara há três meses e desde então fora morar na França com o marido.

Mas, embora tenhamos crescido ouvindo essa história de "maldição", essa tradição de tirar os Bernadis do mercado não começou com meus irmãos realmente, na verdade, começara quando meu avô, Antony Bernardi, chamou minha avó, Georgina, para acompanhá-lo e dois meses depois estavam casados e desse casamento nascera cinco filhos.

Basicamente essa história se repetiu e perpetuou com meus tios e primos, e eu achava idiotice, fazia pouco caso mesmo. Ao menos até ver acontecendo com meus irmãos, os maiores guerreiros que existiram, pois eles eram daqueles que, literalmente, pegavam todas em todas as oportunidades. E exatamente por ver com meus próprios olhos todos os *guerreiros rendidos* que passei a chamar esse evento de *"A maldição anual dos Bernardi's"*.

Todo ano, um Bernardi era escolhido para arranjar um casamento. Se o membro da família já tinha um relacionamento, as coisas se tornavam mais fáceis e a festa era o momento de efetivar o enlace matrimonial iminente. Mas não importava se ele estivesse namorando ou fosse solteiro, não tinha para onde fugir, pois quando o Bernardi chegava aos trinta era tarde demais: ele era a próxima vítima do clã.

Era realmente como uma maldição. Ninguém conseguia escapar ileso nesse dado momento. Estávamos simplesmente fadados a esse destino cruel. Eu ainda era um dos poucos solteiros da família que restara e um dos sensatos que viam essa festa como um pelotão de fuzilamento. *"É a vez do Antony". "Agora é do Ben!". "Sim. Nossa Alícia é a próxima!".*

Sério. Isso era ridículo. Parecia que nós éramos incapazes de conseguir uma pessoa por nós mesmos! Cadê a liberdade de escolha?

— Mãe, a senhora já viu o tamanho do meu pau? Eu posso conseguir uma acompanhante sozinho! — afirmei, porque só de pensar em tal coisa já me via irritado.

— *Lorenzo Bernardi! Olha o respeito!*

— Olha, me desculpe, mãe, mas eu não preciso que a senhora escolha uma mulher para me acompanhar nessa maldita festa, como se estivesse escolhendo algum diamante no catálogo. Meu pau pode fazer isso por si só! — rosnei em resposta.

— *Lorenzo, eu não vou falar novamente, me respeite!* — Ela pareceu ultrajada, mas não mais do que eu, que me via encurralado. — *Sei muito bem o que estou fazendo. Já casei três filhos. E conheço você melhor do que qualquer pessoa. Irei escolher uma esp... Ops... Uma acompanhante para você. Tenho certeza de que não irá se arrepender.*

— Mãe... — tentei falar, mas ela apenas me cortou:

— *Se lembra da doce Angélica? Pois é, ela acabou de voltar de uma temporada em Madrid, onde fazia uma pós-graduação.*

Sei. Pós-graduação em sacanagem! Só podia ser!

— Mãe, eu a conheço muito bem e a senhora mesmo sabe disso, visto que a flagrou saindo do meu quarto quando eu ainda tinha dezesseis anos. Lembro muito bem de como a senhora gostava de se referir a ela: "Como a vadia que desonrou a família!" — gargalhei, lembrando-me com detalhes nítidos e bem "vívidos" do acontecido e minha mãe bufou em resposta, visivelmente irritada pela recordação.

— *Mas ela era mesmo. Quem pode dizer que não? — foi ríspida. — Enfim... São águas passadas, Angélica mudou. É outra pessoa. Inclusive até veio se desculpar por causa desse episódio infeliz* — continuou a tagarelar numa normalidade que me surpreenderia se eu não a conhecesse. Mas eu a conhecia muito bem e podia até mesmo ver sua postura e cara de paisagem.

— Infeliz era algo que ela definitivamente não estava enquanto cavalgava em meu colo! — gracejei, voltando a cair na gargalhada.

— *Lorenzo!* — me repreendeu rascante. — *Pare de falar essas coisas, respeite sua mãe!* — tratou logo de me cortar e eu sabia que chegara a hora de parar com meus comentários ácidos. — *E outra, eu já disse que Angélica não é mais assim. Ela finalmente tomou juízo. Marcamos um jantar essa noite, você deveria aparecer.*

Mudou? Sei... Até que me visse novamente e quisesse logo abrir as pernas para mim!

— Não sei, mãe. — Apertei a ponta do nariz, não querendo contrariá-la.

— Filho, ouça sua mãe, vai ser ótimo vocês se reencontrarem. Colocar os papos em dia...

Só se for para ter a garganta dela em meu pau! Porque a danada era ótima com a boca!

— *...ela está ali perto daquela...* — minha mãe continuava a falar e percebi que divaguei pensando no boquete da criatura, perdendo quase toda conversa dela. O que, decerto, não poderia dizer que era uma lástima.

— Mãe, a ligação está ruim. Não entendi o que a senhora disse — menti, tentando de alguma forma evitar uma praga sua. Coisa que ela gostava muito de fazer contra seus *pobres filhos.*

— Eu disse que ela está com uma loja de roupas de grife e que você poderia passar lá para pegá-la antes de vir. Seria bom para irem conversando enquanto não chegam. Eu já me adiantei e ela fecha a loja às seis — prosseguiu cada vez mais animada.

Suspirei. Dona Marta realmente não dava ponto sem nó. Antes mesmo que eu concordasse em ir, o que era de fato meu desejo, ela até mesmo já havia programado tudo com a garota. Diante desse intrometimento, percebi que ela não estava apenas planejando um casamento para nós, provavelmente já preparava um enxoval para os netos que, com toda certeza, nunca existirão.

Pensando melhor, talvez fosse bom que me encontrasse com Angélica sem minha mãe por perto e deixasse claro que uma coisa, seja ela qual fosse, entre nós não aconteceria. Não o que minha mãe planejava e queria mais precisamente. Uma transa ou outra, talvez. Afinal, por que não? Mas era melhor deixar claro isso o quanto antes, pois eu sabia muito bem o quanto dona Marta poderia ser louca quando queria. Especialmente quando o assunto era tão sério quanto esse.

— Tudo bem, mãe. Você venceu — concordei, mesmo que a contragosto, porque era simplesmente mais fácil não contrariá-la. — Mãe, estou chegando ao escritório. Mande para mim por mensagem o endereço da Angélica. Mais tarde passo para pegá-la — resolvi não prolongar meu sofrimento.

— Ai, meu filho, você não sabe o quanto está fazendo sua mãe feliz. Eu te amo, sabia? — falou exultante, quase sem conseguir se conter do outro lado da linha.

Se ela estava planejando os netos, estava perdendo tempo. Mal sabia ela que Angélica teria meu esperma em todo lugar, menos em seu útero! Melhor não saber mesmo, pois isso com certeza quebraria seu coraçãozinho!

— Sei, mãe. Preciso desligar. Também te amo. Beijos. — Tratei logo de encerrar.

Despedimo-nos e suspirei profundamente. Não havia nem encontrado com a garota ainda e já podia sentir o peso que essa dispensa acarretaria. Não iria lamentar, porque apenas sabia que Angélica, por mais talentosa oralmente que fosse, simplesmente não era para mim. Minha mãe surtaria mais dia menos dia quando soubesse que sua tentativa de prender seu caçula não dera certo. Melhor que fosse o quanto antes, pois assim ela não precisaria continuar a inventar coisas que nunca existiriam e deixaria de criar esperanças sobre nós.

Eu era um cara crescido. Não iria ficar com a moça apenas porque dona Marta achava que era a pessoa certa para ser minha esposa. Afinal, o pau ainda era meu. E continuaria sendo eternamente... assim eu esperava. Não que eu estivesse com pressa, mas se fosse para escolher a boceta que comeria para o resto da vida, não seria minha mãe quem faria essa escolha.

— Por direito, meu pau deve fazer essa escolha! — falei para mim mesmo decidido.

Uma coisa eu ainda não sabia: Meu pau, mesmo sendo meu, definitivamente não facilitaria para mim.

2
AVA

Eram cinco horas da manhã e meu despertador já tocava. Era a merda do meu alarme tocando e eu apenas queria dormir, muito mais do que os famosos cinco *minutinhos.* Talvez hibernar por uma estação ou duas.

Isso era pedir demais? Claro que não!

Quando o desgraçado tocou pela terceira vez, não contei conversa e o taquei na parede novamente. Acho que era a milionésima vez que fazia isso, desde que o comprei há algumas semanas, pois o último antes desse, um chinês da lojinha de R$ 1,99, não havia durado tanto.

Só que o bicho parecia ser parente de gato, porque não importava quantas vezes tentasse me livrar dele, desde que tive a infelicidade de trazê-lo para casa, essa miséria sempre voltava. Sempre vinha do inferno para atormentar meus doces sonhos. Era como um carma ruim. Tipo música de funk sendo regravada por pagodeiro.

Era meu pesadelo em forma de ponteiros!

Só que não importava que eu estivesse mais cansada que ex-BBB querendo virar atriz/apresentadora ou a internet tentando acompanhar as idas e vindas do casal #BruMar e tivesse dormido apenas às duas da manhã. E importava muito menos que estivesse sonhando estar em uma *Gang Bang* com Justin Bieber, Caio Castro, Edward Cullen e, entre todos os crushs, também tinha ele que se destacava: Padre Fábio de Mello.

Que Deus me perdoasse! Mas se era para eu não pecar, que Ele não colocasse aquele pão como padre!

Sim. Padre Fábio de Mello era a prova do que Deus disse na Bíblia:

"Não nos deixei cair em tentação...".

Eu caía e caía... E sentava... E quicava. E de pé, de frente e de trás também!

Era quase como uma música de funk:

"A descer, a subir, a quicar e rebolar
A quicar e rebolar"[1]

Mas não podia ser injusta com Deus, afinal, ele não era o único culpado por me fazer desejar o proibido. Também devia culpar minha mãe por esse meu pecado, pois era uma grande fã dele e por isso assistia incansavelmente seus DVD's e missas televisionadas. Eu não era religiosa, minha religião mesmo era o funk e o pagode, mas eu adorava perder meu precioso tempo vendo aquela delícia na tela da TV.

Quem nunca?

Depois que o despertador do outro lado do quarto começou a tocar também, pois me conhecia bem demais a ponto de saber que apenas um não dava conta comigo, dei-me por vencida e tive que levantar mesmo a contragosto. Enquanto me espreguiçava, a voz de Ludmila começou a cantar a plenos pulmões no meu celular:

"E hoje você não escapa
Hoje vem que a nossa festa é hoje
Eu tô querendo te pegar de novo..."

Comecei a dançar, porque só uma musiquinha animada e inspiradora para me fazer despertar mesmo. Já que tinha essa cruz para carregar, que ao menos a carregasse no ritmo de funk. E, apesar de ter acordado mal-humorada, como acordava sempre, pois ninguém em plena sanidade fazia isso animado nessa vida, não demorou muito para eu me ver com a escova de dentes na boca, descendo e rebolando até o chão.

Sim. Eu tinha poder! Rebolar a bunda era comigo e com a Anitta!

♥

— Hoje, é hoje, é hoje... Eu tô querendo te pegar de novo... Hoje, é hoje, é hoje... Eu tô querendo te pegar gostoso... — Enquanto coava

1 Envolvimento (Letra) – MC Loma

café, continuei cantando e dançando, mesmo que a música já tivesse acabado há minutos.

— Já de pé, minha filha? — Ouvi a voz da minha mãe e, sorrindo, me virei para ela.

— Bom dia, mãezita. — Dei um beijo estalado em sua bochecha. — Já sim. Tenho que passar na loja de tecidos antes de chegar à loja para abrí-la, porque a Bia vai passar lá para pegar as encomendas.

— Filha, você foi dormir muito tarde terminando aquelas roupas. Será que apenas por um dia não pode descansar? — Sua pergunta soou mais como uma reprimenda, mas, embora entendesse sua preocupação, diante da atual conjuntura não podia me dar ao luxo de descansar.

Quer dizer, eu nem mesmo sabia o que isso significava!

— Que nada, dona Dina. *Tô* inteirona. Linda e gostosa, para os recalques das mulheres e para deixar os homens de queixo caído. E olha que meus *crushs* estavam acabando comigo no sonho! — Pisquei para minha mãe em uma tentativa de distraí-la com minhas piadinhas e ri ao ver sua cara de desentendida.

— Cru... O quê?

— Crush, *mamis* — gargalhei. — É tipo o cara que temos uma paixonite. Como eu posso, tenho vários. — Dei um beijinho no meu ombro e minha mãe revirou os olhos.

— Parece o nome daquele chocolate que você gosta — ela disse enquanto terminava de arrumar a mesa, fazendo-me gargalhar ao passo que fechava a garrafa térmica.

— É, *mamis,* eles não perdem em nada para o chocolate não. São todos uma delícia.

— Mas tu não toma jeito, hein, menina? — Sua voz soou horrorizada com a minha brincadeira que era a mais pura verdade.

— Olha que eu tomo direto "de jeito" — respondi maliciosa para minha mãe, que me olhava horrorizada.

O quê? Deus não disse que era pecado mentir?

♥

Depois do nosso café da manhã em família, tomei um banho e, antes de começar a me preparar para o trabalho, fui estender no varal as roupas que havia colocado para bater no tanquinho assim que acordei.

Short jeans, cropped, saltos, brincos grandes, batom vermelho, cabelos longos escovados e eu estava finalmente pronta. Não importava como acordasse mal-humorada, eu era Ava e esse era meu uniforme para estar linda e gostosa para seguir meu dia de labuta.

Fui até o quarto de minha mãe, deixei tudo arrumado lá, até mesmo organizei seus remédios por horário. Dei um beijo nela ao me despedir e gritei para a vizinha que morava na casa ao lado, que era quem ficava de olho nas suas estripulias e tomava conta dela durante minha ausência.

Minha mãe tinha reumatismo e, além de todos os problemas que isso acarretava, também era diabética e tinha pressão alta, além de ter sofrido um AVC há mais ou menos dois anos, que a deixou com um lado parcialmente paralisado.

Não que ela fosse uma inválida, porque eu sabia que não era, muito pelo contrário, minha mãe não parara nem mesmo assim, era muito ativa e enérgica, coisa que eu havia puxado dela. Só não gostava de deixá-la sozinha depois do ocorrido, afinal, melhor prevenir do que remediar.

Minha mãe era a única pessoa que eu tinha em minha vida, era tudo para mim. Por isso fazia questão de pagar Michelle para tomar conta dela em troca de uns trocados e de algumas roupas que eu fazia especialmente para ela, mesmo que dona Dina reclamasse sobre isso a cada oportunidade.

Saí atrasada como sempre. Não importava o quanto tentasse me programar, nunca dava certo, pois essa coisa de rotina certinha, definitivamente, não era para mim. Isso siginificava que não daria mais para passar na loja de tecidos antes de ir abrir minha loja, pois nem mesmo sabia se chegaria a tempo de abri-la.

Já eram quase oito da manhã quando segui andando pela rua e comecei a descer a ladeira em direção ao ponto de ônibus, já que meu *irmão mais velho*, meu amado e também odiado fusca amarelo, ano 77, andava mais na oficina do que nas ruas da cidade. Isso, claro, quando não estava sendo empurrado para pegar no tombo.

Enquanto caminhava, cumprimentei alguns vizinhos e segurei a careta para outros, enquanto segui ignorando alguns assobios e cantadas baratas que já estava tão acostumada.

Eu sabia que era linda e gostosa, fazer o quê? Só não podia dar ousadia para esse povo baixo astral!

— Bom dia, amor da minha vida! — Suspirei e tentei ignorar o idiota que parara ao meu lado com o carro, enquanto prosseguia andando.

Falando em baixo astral...

— Poxa, gatinha, você não sabe o quanto machuca meu coração vê-la continuar me ignorando assim — falou de modo dramático e, apesar da minha tentativa de fingir que ele não existia, não consegui controlar meu gênio ruim e virei-me para ele com a mão na cintura, olhando-o irritada.

— O que *cê* quer, Mouse? — perguntei, minha vontade de dar-lhe uma joelhada merecida *nos países baixos* apenas aumentando ao ver seu olhar extremamente malicioso subir e descer pelo meu corpo.

Sabe desconfiômetro? Aquela coisa que todo ser deveria ter? Ele não tinha!

— Quero muita coisa, Ava. Mas, infelizmente, você faz jogo duro e parou de me dar.

Filho da puta! Cara de pau!

— Claro que sim! Afinal, não achei minha *florzinha* no lixo! Pode não parecer para você, mas eu valorizo meu *patrimônio*. Enquanto eu estava me fodendo trabalhando durante o dia e estudando à noite, você estava dando duro de outra forma, que era comendo sua prima! — falei revoltada, perdendo a compostura que deveria ter.

Sim. Esse idiota sempre me fazia perder a paciência!

— Ohhh, Mozão, eu errei, eu sei, mas isso são águas passadas — repetiu a mesma ladainha de sempre e ri com desdém, antes de prosseguir:

— Mozão, o caralho! Águas passadas, um cacete! Vai procurar outra trouxa, Marcelo! — Dei as costas para ele, antes de voltar a andar, porque não perderia mais meu precioso tempo com esse traidor de uma figa.

Argh! Idiota! Ele achava que eu era uma acéfala que ia cair nesse papinho? Comigo não, meu bem!

Mas eu não deveria achar que teria sorte em me livrar deste traste, porque, enquanto eu andava, naquele sol dos Infernos, que já começava a queimar minha bela pele dourada pelo bronzeador caseiro de cenoura, podia sentir que ele me seguia com o carro ao lado e soube que não havia me livrado tão facilmente. E tive certeza de que não estava errada quando ele tornou a falar ainda me seguindo em baixa velocidade:

— Ava, me deixa ao menos te dar uma carona. — Tornei a ignorá-lo e continuei a andar como se essa não fosse uma oferta tentadora. Ao menos um pouco. — Você sabe, daqui até o shopping vai ter que pegar, pelo menos, dois ônibus. E eu soube que tá um engarrafamento horroroso na avenida principal. Isso significa que, mesmo que esteja sentada, você certamente vai começar a suar e derreter sua linda maquiagem. O que não aconteceria aqui, já que vou ligar o ar-condicionado.

E foi como se ele tivesse dito a palavrinha mágica, afinal, isso era um luxo para pobre e meu fusca não tinha mais do que um ventiladorzinho daquele de plástico colado no painel.

O que é? Nos tempos atuais, ar condicionado vale muito mais do que um "eu te amo"! Como negar esse amor? Jamais!

— Temperatura máxima e sem papinho furado para o meu lado, Mouse! Senão você não poderá mais dar aulas, porque tenha certeza de que arrancarei suas bolas, seu puto! — ameacei enquanto entrava em seu carro importado.

— Sim, senhora, dona Ava. Sem papinho furado! — prometeu, com um sorriso convencido no rosto e eu sabia que ele estava mentindo, que não cumpriria o que disse, mesmo assim decidi que o ar condicionado era mais importante do que seu *caô.*

Marcelo, mais conhecido como Mouse, do inglês rato, porque ele parecia um quando era pequeno, era meu ex-vizinho e durante um bom tempo foi meu namorado. No tempo em que estávamos juntos, eu ainda era aquela menina boba e inocente que acreditava em "contos de fadas". Inocentemente acreditava que ele seria o único homem da minha vida, que casaríamos e viveríamos nosso "felizes para sempre".

Doce ilusão!

Quando tinha doze anos, Mouse jogava pelada aqui na rua e, ao ser descoberto por um técnico, foi chamado para jogar na escolinha de futebol do estadual. Com dezesseis, um olheiro se interessou por ele e desde então começou a jogar como reserva do maior time do Estado. Ele era muito novo na época e com dezessete já estava a caminho do seu primeiro campeonato como artilheiro.

Os maiores times do país e até mesmo estrangeiros, estavam de olho nele, que era certamente a maior revelação do futebol desde Neymar e não era difícil ver um futuro brilhante nos gramados e uma carreira cheia de títulos. Só que o que ninguém esperava era que ele fosse se machucar na final do campeonato brasileiro. O Brasil inteiro chorou com ele ao ver seu ídolo em lágrimas de dor no chão. A lesão foi tão grave, que mesmo depois de diversas cirurgias, Marcelo não pôde mais voltar a jogar profissionalmente.

Quando isso aconteceu, Mouse ficou péssimo e com razão, pois ele estava sendo privado de continuar a viver seu sonho. Sofri junto, afinal, ele era meu namorado, eu o amava, sua dor era a minha também. Pelo menos era assim que eu pensava na época. Eu era boba demais.

Inocente demais...

Só que o que eu não imaginava era que, enquanto me lascava trabalhando e estudando para ajudar em casa e conseguir ter um futuro, que ele ficava "de repouso" enquanto deveria estar se recuperando da cirurgia na casa de seus pais, quando na verdade estava comendo sua prima piranha, Virginia.

Triste o fim do meu conto de fadas, não é mesmo? Só que não!

Pois foi justamente nesse curto período depressivo da minha vida que surgiu a melhor pessoa que eu poderia conhecer: Eu mesma!

Nunca mais fui besta. Na verdade, eu já deveria ter aprendido com a história da minha mãe, que por meses sustentou aquele bêbado desgraçado, que não fez nada além de me registrar, me dar um péssimo nome e ainda por cima traí-la, antes de nos abandonar de vez. Fora que ele foi definitivamente o cara que eu mais odiei, mais até mesmo do que o Mouse, mas isso foi quando realmente entendi o *bullying* que sofria pelo nome que ele havia me dado.

No entanto, crescer sabendo que tem um pai fracassado e depois disso ter um namorado traidor, não fora tão ruim. Talvez todas as mulheres tenham que passar por isso ao menos uma vez na vida, pois esse fato apenas me fortaleceu e me fez ser quem sou.

Aprendi não apenas com os dois, mas com a vida, que eu mesma me bastava. Eu tinha minha mãe e caso não encontrasse nada interessante na rua para "comer", eu poderia muito bem aliviar a minha situação em casa.

Sim... Eu disse isso!

A vida é cheia de escolhas e escolhi não ser obrigada a ser quem eu não quero e muito menos estar com quem não me merece! Porque, para um homem me merecer, ele tem que ser muito bom. Muito mesmo e em todos os sentidos da palavra!

Nunca mais tive um namorado desde que terminei com Mouse. Na verdade, já tive alguns pretendentes, mas evitava relacionamentos desde nosso término, da mesma maneira que evitava piscina para o meu cabelo loiro não ficar verde. E na maioria das vezes conseguia fazer exatamente como queria, pois os homens normalmente queriam a mesma coisa que eu: prazer.

Todo mundo já teve um ex-namorado que nem o Mouse. Aquele que incomoda e não se toca. Era como um sapato que te dá calo. Não importa quão bonito seja, ele sempre vai te incomodar.

Marcelo não morava mais no bairro, mas sim na zona rica da cidade e depois do ocorrido, conseguiu continuar no meio que amava e tornou-se técnico assistente do time que o revelou anos atrás. Dava graças a Deus por ele morar longe, pois se assim ele já me enchia, imagina se ainda fôssemos vizinhos? Ele com certeza já teria virado um maldito eunuco!

Sério. Mouse era irritante demais. Mesmo depois de me trair, o cara de pau ainda tinha a coragem de continuar me rondando, de insistir em algo que não tornaria a acontecer. Eu jamais daria a ele o gostinho de voltar para mim. Jamais. Jamais mesmo.

Eu era tipo o Paraíso de Adão e Eva, eles pecaram comendo do fruto proibido, foram expulsos e não voltaram jamais. O mesmo com ele, que não tornaria a sentir o gostinho do *paraíso* aqui. Eu tinha essa certeza e reafirmava isso para ele em cada oportunidade, faltava apenas que o cara de pau entendesse isso de uma vez por todas.

Só que não seria naquele dia. Porque, naquele momento, o que eu queria era usufruir do ar condicionado dele!

— Minha mãe disse que a Bianca tá levando umas roupas tuas para uma cliente *gringa,* é verdade? — ele perguntou, depois de alguns minutos em silêncio.

É. Quase achei que teria paz!

— Sim. A *gringa* compra algumas peças de roupa que eu faço. Bianca disse que ela leva para umas clientes requintadas de Paris — respondi orgulhosa, enquanto mexia nas palhetas do ar, direcionando-as todas para mim.

E eu tinha um puto orgulho de mim! Afinal, se eu não tivesse, quem teria?

Minha mãe era costureira e costurava para fora antes mesmo de eu nascer. Desde que me entendia por gente que era apaixonada por roupas e pela moda em geral. No início, eu costurava peças para minhas bonecas e com o tempo comecei a fazer umas modificações loucas nas minhas próprias roupas. Mas logo depois comecei a fazer nas das colegas que adoravam o que eu fazia nas minhas.

Desde então, vez ou outra, também desenhava algumas coisas, porém era mais uma coisa que eu guardava para mim e sonhava ter uma chance de carreira no futuro. Mas tive que realmente aprender a costurar quando o reumatismo começou a comprometer o serviço de minha mãe e precisávamos da renda em casa para nos sustentar.

Apesar de querer fazer faculdade de moda, não tive condições de fazê-la, pois foi na época do vestibular que comecei a fazer minhas próprias peças de roupas para vender, porque as coisas começaram realmente a se complicar.

Eu trabalhava em uma loja de departamento, que era o mais perto que eu poderia chegar do que eu queria para mim, porém, além de praticamente me escravizarem com o horário de trabalho absurdo, me fazia ter palpitações com o mau gosto das peças. Eu vivia sendo chamada atenção por dar minha opinião sincera para os clientes e até mesmo comecei a vender o que eu criava, ao invés de concretizar as vendas para a loja. Por isso, quando houve uma demissão em massa, fui a primeira da lista negra e decidi que não iria mais trabalhar para ninguém e que nunca, em hipótese alguma, voltaria a vender roupas cafonas e fora de moda.

Sim, porque ninguém merecia ter que passar por isso! Meus olhos agradeciam profundamente!

Com esse empurrão ao estilo pé na bunda que surgiu a *Estilo Ava.* A EA não era uma loja conhecida ainda, principalmente porque ela funcionava em um boxe de um shopping popular — ou melhor dizendo: shopping dos camelôs. Mas, apesar do pouco tempo de funcionamento, eu já tinha uma clientela muito boa. Como eu mesma quem fazia, as peças eram praticamente exclusivas e vez ou outra desenhava alguma coisa especial por encomenda.

Apesar de já conseguir algum trocado trabalhando de forma autônoma, as coisas ainda estavam começando a melhorar. E justamente por causa dessa cliente gringa, que a Bia me arranjou, pois foi assim que comecei a conseguir juntar uma grana para pagar um tratamento melhor para minha mãe, porque o que o SUS oferecia a ela parecia ter efeito contrário.

— Ava, você sabe que eu posso te ajudar, né? — ele perguntou, obrigando-me a olhar para sua cara de pau.

— Começou — murmurei e, em seguida, soltei um muxoxo, mas apenas ignorou antes de continuar:

— Sério, Ava. Posso indicar sua loja para as mulheres dos jogadores. Tu sabes que se eu fizer isso você estoura rapidinho, amor.

— Mas você não fará isso se não tiver nada em troca — constatei em forma de resmungo, porque o conhecia muito bem.

— Ava, sou teu amigo, cara. Preocupo-me com você. Torço pelo seu sucesso. Jamais faria nada com interesse — fez-se de ofendido e arqueei minha sobrancelha enquanto olhava para o moreno bonito ao meu lado.

— Seiiii... Marcelo — desdenhei, voltando a me abanar em frente ao ar. — Fale logo, o que você quer?

— Apenas que você aceite jantar comigo — disse, simplesmente, fazendo com que virasse para ele mais uma vez.

— Como? — perguntei de cenho franzido.

— Só um jantar, Ava.

Oi? Ele estava falando sério?

— Marcelo, fala sério. Você não faria um favor desses para mim por apenas um jantar. Apenas seja sincero.

Novamente ele pareceu contrariado, embora esboçasse um sorriso no canto dos lábios.

— Eu estou falando sério. Na próxima semana tenho um jantar com um dos patrocinadores do clube e quero levar você como minha acompanhante. E como é um evento de gala, você poderia até mesmo desfilar com um modelo seu, que pode, inclusive, ajudar a atrair uma clientela para sua loja — falou e eu permaneci olhando-o incrédula com a proposta e sabendo que tinha minha atenção continuou: — Sério, Ava. Sem segundas intenções, apenas não quero ir sozinho.

— Esse evento é de que mesmo? — perguntei, ainda não muito convencida de que essa era uma boa ideia.

— É apenas de um dos patrocinadores. Todo ano eles fazem um baile de gala beneficente. — Deu de ombros, sua atenção indo e voltando para direção e eu sabia que ele estava analisando minha reação.

— Não sei, Mouse. — Estava indecisa, afinal, não queria que ele criasse esperanças de que algo entre nós voltasse a acontecer. Porque, óbvio, não aconteceria.

Eu disse jamais?

— Ava, pense aí. Tu vais estar vestindo algo que criou, as mulheres de lá vão querer saber onde comprou e, quando souberem, tuas roupas vão vender que nem água.

Ele tinha razão. Eu sabia que esse evento poderia ser a oportunidade da minha vida, o que eu realmente precisava para conquistar o mundo da moda que eu tanto sonhava, mas o que eu não tinha certeza era de que seria uma boa ideia tentar a sorte justamente com o Mouse.

— Juro que vou pensar — respondi depois de um tempo, pois não podia postergar mais minha resposta, pois ele finalmente parara o carro em frente ao shopping onde ficava a minha loja.

— Pense com carinho, minha deusa. — Piscou para mim de modo cafajeste e minha irritação retornou rapidamente.

— Mouse, se, apenas se, eu decidir ir para esse tal evento, fique ciente de que isso não será um encontro romântico. Fui clara? — Olhava fixamente para ele quando fiz a pergunta.

— Que nem água, amor.

— Bom saber. — Abri a porta do carro para sair, mas antes me virei para ele para agradecer, afinal, minha mãe me ensinou a ser educada até com quem não merecia. — Obrigada pela carona, Mouse.

— Estou às ordens, deusa. — Sorriu e, apesar de achar seu sorriso lindo, ele definitivamente não causava mais nenhum efeito em mim. Nem mesmo na seca.

Estava começando a achar que precisava ir para um baile! Necessitava arranjar um peguete para acabar o quanto antes com meu jejum de sexo!

♥

Cheguei à minha loja e com a alegria de sempre, abri as portas para começar mais um dia. Era tão gostoso ver meu sonho, mesmo que ainda tão pequenino, ser real. Ainda assim era o que me fazia feliz, de alguma forma eu sentia que era apenas o início da minha realização.

Fazer o que se ama era maravilhoso e por isso atendia minhas clientes com maior prazer. Adorava ver o sorriso de satisfação estampado em seus rostos quando encontravam exatamente o que queriam ali na loja. Adorava ver os olhinhos brilhando quando a roupa certa lhe caíam como uma luva.

O dia correu como todos os outros, um entra e sai de clientes, encomendas e novas pessoas sendo indicadas pelos amigos a conhecerem meus produtos. Eu normalmente ficava até às dezoito horas, que era a hora em que o shopping popular fechava, mas como não havia ido à loja de tecidos de manhã, acertei que minha única vendedora fecharia a EA para mim enquanto eu sairia para comprar os materiais que precisava para as minhas próximas peças e encomendas.

Peguei um ônibus que me levaria ao outro lado da cidade, onde eu comprava tecido a preço de atacado e, enquanto olhava minhas redes sociais, verificando as mensagens e atualizações dos meus amigos, meu celular começou a tocar. Atendi sabendo que era o mecânico onde meu carro estava, mas antes disso orei por notícias boas, porque, embora meu carro fosse velho, ele quebrava um galhão e precisava dele para me socorrer, mesmo que vez ou outra essa função viesse para mim. Especialmente quando ia pegar mercadoria, como estava prestes a fazer e por causa da quantidade absurda de pacotes que carregaria depois de sair da loja, seria obrigada a pegar um táxi e teria de gastar uma fortuna numa corrida até a periferia onde eu morava.

Mas minhas súplicas não foram atendidas e de nada serviram minhas orações, pois assim que atendi quase tive um ataque cardíaco fulminante ao ouvir o valor absurdo para seu conserto, que chegava a ser pornográfico de tão caro. Ele deveria ter esquecido que meu carro era um Fusca ano 77, pois seu conserto custava mais do que o valor do próprio carro.

Gritei algumas barbaridades para o mecânico, descontando nele minha frustração por não apenas ter acordado cedo, mas também por, definitivamente, não ter condições de pagar esse maldito conserto. Certamente teria de vender meu rim depois disso.

Meu Deus! Estava começando a achar que teria que vender meu corpo nu para pagar essa porra!

Acalmei-me depois de falar mais alguns palavrões, pois nessas horas era libertador ter a boca realmente suja. Mas, inevitavelmente, deixei a senhorinha que estava ao meu lado assustada e finalmente respirei fundo, inspirando, respirando... Eu daria um jeito. Eu sempre dava mesmo.

Afinal, meu nome era Ava G. P. da Silva, eu era quase como aquela planta Comigo-ninguém-pode, que suporta tudo e ainda espanta o mau-olhado e maus espíritos!

Saltei do ônibus com a serenidade de quem sabia que encontraria uma solução, afinal, como dizia o ditado: o que não tem remédio, remediado está. Atravessei a rua quando o sinal de pedestre ficou verde e, como sempre fazia quando estava diante de lojas de grife, parei para ver um pouco da vitrine.

Era uma mania minha de criança. Eu olhava para as roupas nos manequins e mentalmente desenhava as mudanças que faria caso as tivesse feito ou tivesse a chance de mexer. Era feio, eu sabia, mas não podia evitar. Eu respeitava o gosto das pessoas, afinal gosto é igual ao orifício rugoso, cada um tem o seu e faz o que quiser com ele, mas era mais forte do que eu.

Só que, ao contrário do que normalmente acontecia, dessa vez eu não critiquei o modelito que a manequim vestia. Muito pelo contrário. Na verdade, ele era perfeito demais para meu gosto exigente. Era perfeito pelo simples fato de saber exatamente quem o fez.

— Que merda meu vestido está fazendo aqui?

3

LORENZO

Eu sabia que era uma péssima ideia atender ao pedido de minha mãe, mas também sabia o inferno que seria caso eu não a atendesse e a contrariasse. Fiquei o dia todo me perguntando até que ponto poderia ir com aquela história e descobri que seria melhor mesmo que eu fosse logo sincero com a Angélica, *garganta profunda,* como era conhecida por mim e meus irmãos, antes que ela se deixasse levar pelas sandices de minha mãe.

Não acreditava realmente que Angélica levasse essa história a sério. Até porque não fazia muito o estilo dela. No entanto, ela se juntara com dona Marta Bernardi e fazer isso era como fazer um pacto com o diabo. Minha mãe era uma mulher maravilhosa, mas contrariá-la era pior do que um orgasmo frustrado.

Sério. Isso não é um maldito eufemismo. Era quase comprovado cientificamente!

Sabe quando você está prestes a gozar e acontece alguma coisa que faz com que sua porra volte às carreiras para o saco?

E quando isso acontece, fica aquele peso nele, lhe dando uma dor nos colhões mais forte do que um coice de cavalo e que nos deixa mais para baixo que pau de velho no inverno e dando a sensação de nunca mais ser capaz de ser feliz?

Era exatamente assim que acontecia quando se contrariava dona Marta Bernardi.

Sim. Experimente contrariá-la. Ela era como um Comensal da Morte sugando sua felicidade! Voldemort perdia feio para ela!

Não era exagero da minha parte. Eu já tinha sentido isso na pele. Aconteceu no meu baile de formatura do ensino médio. Eu havia passado na faculdade de Direito em *Harvard* e minha mãe, como toda mãe orgulhosa, havia preparado uma festa suntuosa para comemorar esse feito. A bem da verdade, não era apenas pelo orgulho de ver seu caçula entrando em uma das melhores faculdades de Direito, mas também era porque tudo com os Bernadi's costumava acabar em festa mesmo.

Mas a festa não era a única coisa que ela planejara naquele dia, mamãe também estava querendo que eu saísse com a filha de uma prima de septuagésimo grau de meu pai, que era uma mistura de Gretchen com a Carla Perez antes do É o Tchan.

É. Ela era bem castigada!

Eu não queria passar por esse castigo. Não me importava que ela estivesse cursando biblioteconomia, porque para mim isso nada mais era do que um diploma para quem lia livros e tinha fetiche pela poeira deles. Eu apenas não queria sair com a garota. Não apenas porque ela era uma coisa de feia, algo com Cruz credo com Deus me livre. Só que a mistura entre nós apenas não ornava. Só de me imaginar ao seu lado, temia até mesmo colocar minha masculinidade em prova, porque tinha quase certeza de que não conseguiria manter uma ereção com aquela criatura medonha. Ou até mesmo ter uma.

E deveriam me agradecer, pois definitivamente fiz um favor a ela. Porque depois de se sentir rejeitada por mim, Glorinha acabou encontrando nos braços da sua professora o que realmente gostava. E definitivamente não era o que eu tinha *bem grande* no meio das pernas.

Sim. Glorinha virou Glorão, ela era como a Tammy Gretchen da família!

Na época eu estava na *vibe* do contra como todo adolescente. Achava que por já ter alcançado a maioridade e ter sido aprovado na melhor faculdade, podia fazer o que bem entendesse. Então simplesmente sumi no mundo, me achando não apenas dono de mim, mas também o senhor da razão. Isso ao menos até ter meu cartão de crédito e da conta corrente cortados a mando de minha mãe, ainda assim tentei não dar o braço a torcer e assumir que estava errado.

Precisei apenas de quarenta e cinco dias, um trabalho de barman e uma pneumonia para que eu finalmente admitisse para mim mesmo que estava errado e pedir para voltar para casa. Minha mãe cuidou de mim enquanto estive internado no hospital durante as primeiras duas semanas de volta ao Brasil, mas só realmente se rendeu ao meu pedido de desculpas quando prometi que o nome do meu primeiro filho seria Florisberto, como meu avô.

É. Desde então pressentia que além do bullying que meu filho sofrerá, também serei veementemente odiado por ele por causa dessa maldita promessa!

E é exatamente por conhecer minha mãe tão bem que estava em frente à loja da dita cuja, decidindo o que faria dali em diante. Tinha ido uma hora mais cedo do que minha mãe me dissera que ela fechava a loja, pois as imagens de um casamento cafona com Angélica, *garganta profunda,* ficaram rondando minha cabeça durante todo o meu dia de merda, fazendo meu estômago embrulhar até finalmente me dar por vencido e vir atrás dela.

Quando finalmente tomei fôlego e criei para sair do carro, uma cena chamou minha atenção: policiais algemavam uma mulher, que mesmo que eu não estivesse ouvindo o que dizia, parecia gritar ensandecida se debatendo, enquanto a levavam em direção ao camburão.

Essa com certeza seria uma cena que passaria despercebida para qualquer pessoa, principalmente quando se estava acostumado a ver prisões, como eu, que já havia posto diversas pessoas atrás das grades. Só que o que me chamou a atenção não foi o total descontrole da moça que saía dali praticamente carregada, mas sim a mulher em si.

Tinha orgulho de dizer que já me deleitei com as mulheres mais belas do Brasil. Só que com o short jeans curto, top e salto alto que ela usava, pareceu me golpear de uma forma inesperada. Quase de uma forma indecente.

Ela parecia estar vestida para um baile funk. Mas por mais chamativas e provocantes que fossem suas roupas, foi o todo que de fato me prendeu.

Pequena, tinha um corpinho delicioso, pele levemente dourada, curvas sinuosas que a deixavam impressionante, mas o que realmente me chamara a atenção foi o rosto lindo e a boca tentadora pintada de vermelho. Meu pau acordou imediatamente para a vida e instantaneamente saudou a linda criatura.

Puta que pariu! Eu devia estar necessitado mesmo, porque meu pau subiu para uma bandida!

Esqueci completamente o que eu estava fazendo. Ou o meu propósito ali, pois antes mesmo que me desse conta, estava seguindo o carro da polícia que a levava para uma delegacia não muito longe.

Sim. Eu estava ficando louco!

Parei o carro em frente a DP e, antes de sair, perguntei-me durante alguns minutos o que eu estava fazendo e obviamente não soube responder. Nem ao menos sabia qual era minha intenção em ir até aquele lugar. Mas sempre fui um cara guiado pela minha intuição e, como já havia chegado ali mesmo, iria até o final.

Eu não era uma pessoa muito curiosa, era até bastante controlado, na minha, não gostava de me meter na vida dos outros, para que não fizessem a mesma coisa comigo. Era observador, mas não intrometido. Mas ver uma mulher linda como ela, sendo levada presa, definitivamente havia aguçado minha curiosidade ao nível máximo.

A verdade era que eu queria saber o que ela havia feito de tão grave para ser levada algemada para a delegacia. Quem sabe isso não havia sido um mal-entendido que se resolvesse facilmente com a presença de um bom advogado?

É. Poderia ser isso. Não queria admitir para mim que, na verdade, era porque eu queria saber mais sobre ela, por isso apenas tentei dizer que estava entrando nessa delegacia para acabar com uma injustiça sofrida por uma pobre mulher.

Meu Deus! Eu devo ter problemas graves mentais! Já estava defendendo uma bandida sem nem mesmo saber o que ela fez!

Entrei na delegacia e olhei ao meu redor. O local era pequeno e até mesmo aconchegante para um ambiente como aquele. Porém, era compreensível, visto que ficava localizada em um bairro de classe alta e a segurança por ali era bem melhor devido aos vigilantes particulares que os comerciantes contratavam. Por esse motivo não havia realmente a necessidade de terem uma delegacia grande, quando certamente não precisavam.

Quando entrei, rapidamente notei que haviam apenas algumas pessoas sentadas no sofá simples de couro, que pareciam esperar por alguma coisa. Só que, ao invés de cada um cuidar da sua vida, todos pareciam atentos aos gritos femininos que vinham do interior do local, que repetia a plenos pulmões, para quem quisesse ou não ouvir, todos os palavrões existentes e mais alguns novos.

Alguma coisa me dizia que eu sabia exatamente de quem se tratava. E sabia mesmo. A forma como ela fora conduzida para o camburão fora uma dica. Isso deveria ser o suficiente para me afastar. Mas ao contrário do que pensei que faria, isso não me impediu de continuar com o que tinha ido fazer.

Sim, Lorenzo! Você veio com um propósito!

— Boa tarde — cumprimentei o recepcionista com cara de tédio, que estava com o pescoço torto, parecendo querer espiar alguma coisa no corredor atrás de si.

— Er... Oi. Boa tarde — respondeu, ainda sem desviar o olhar um segundo apenas para mim.

— Eu gostaria de falar com o delegado, por favor — meu pedido foi feito educadamente, mas nem assim ele dirigiu os olhos para minha pessoa.

— Desculpe, mas o delegado está ocupado no momento — disse apenas, como se fizesse pouco caso do meu pedido. O que decerto era uma afronta.

— Imagino que sim. Mas eu preciso falar com o delegado. É urgente. — Minha voz saiu controlada, pois a última coisa que eu queria era perder a paciência.

— O senhor vai ter que aguardar. Como eu disse, ele está bastante ocupado no momento. — E continuou a me ignorar.

Filho da mãe!

— Faça-me o favor de perguntá-lo se ele realmente está ocupado para Lorenzo Bernardi. — Meu tom de quem sabia o poder que eu tinha não foi ignorado dessa vez, pois ele rapidamente arregalara os olhos ao ouvir meu nome e virara o rosto para finalmente prestar atenção em quem estava em sua frente.

— Só um minuto, que vou informar que o doutor está aqui — ele falara tão rápido, que quase gaguejara.

Sim. Eu era foda!

Eu sabia que isso funcionaria. Não costumava usar meu nome para "abrir portas", só que no mundo em que vivíamos, às vezes, ter um bom nome era o que realmente importava. E o meu tinha poder.

Não era apenas o fato de ser um Bernardi que fazia com que as pessoas me dessem atenção e me olhassem de maneira diferenciada e com respeito, porque, claro, um sobrenome tinha sua vez e o da minha família era certamente um dos mais importantes e influentes do país. Mas a verdade era que o meu nome também era bastante respeitado por causa do meu trabalho. Poderia dizer que até mesmo temido no meio judicial.

Em meu curto tempo de carreira jurídica, já havia posto não sei quantos criminosos, empresários e políticos importantes atrás das grades ou, pelo menos, fiz com que a justiça caçasse seus mandatos e os fizesse pagar pelos seus crimes. Então sim, dizer que Lorenzo Bernardi estava aqui na delegacia para falar com o delegado não era uma coisa que qualquer um deixasse passar.

Afinal, quem tem, tem medo!

A ligação do recepcionista não demorou nem mesmo dois segundos após o meu nome ser dito, o que eu considerei ser um "tempo de silêncio" considerável, pois certamente o delegado estava surpreso pela minha presença. O garoto prontamente se levantou e me acompanhou até a sala do seu chefe. Os gritos de antes pareceram cessar enquanto andávamos e isso definitivamente me preocupou. O que havia acontecido com a bandida?

— Dr. Gurgel, o Dr. Lorenzo Bernardi está aqui, posso mandá-lo entrar? — Pude ouvir o garoto perguntar, enquanto esperava-o do lado de fora no corredor.

— Claro, Guilherme, mande-o entrar. Não deixe o homem esperando! — seu chefe ordenou, parecendo nervoso e sorri para mim mesmo.

Sim. Meu nome certamente intimidava as pessoas!

— Doutor Lorenzo, por favor — o garoto disse e eu apenas acenei, antes de seguir pela porta.

— Boa tarde — cumprimentei o senhor de meia-idade, que sorria abertamente para mim.

— Boa tarde, doutor Lorenzo. É um prazer recebê-lo. — Ele saiu de trás de sua mesa, mostrando uma avantajada barriga e estendeu sua mão para me cumprimentar, que não deixei no ar.

— Boa tarde, Dr, Gurgel. Obrigado — retribui o cumprimento, enquanto ainda apertava sua mão.

— Sente-se, por favor. O doutor aceita uma água, um café? Não tenho muita coisa para lhe oferecer, mas o café daqui é realmente bom — tentou ser educado, mas notei que ele estava um pouco nervoso. Ansioso até, eu diria.

— Não, obrigado. Não vou me demorar — respondi, sentando-me na cadeira em frente a sua mesa.

— Er... Tudo bem. Em que posso lhe ajudar, doutor Lorenzo? — perguntou, quando voltou a se sentar.

E o que eu poderia falar mesmo? Nem eu sabia!

— Então. Como o senhor sabe, sou advogado e vim aqui atender a minha cliente que acabou de ser presa — tentei usar meu melhor tom profissional.

— O doutor é advogado daquela Ava? — perguntou incrédulo.

Ava? Era esse o nome dela? Só podia ser!

— Exatamente — me apressei em dizer, tentando parecer certo da minha resposta.

— Um tanto esquentadinha ela, não é? — Riu e eu continuei a olhar bem sério para ele, que pareceu se envergonhar de sua piadinha.

— Gostaria de saber exatamente quais as acusações que existem contra minha cliente — mais uma vez, usei meu melhor tom, esperando que minhas poucas informações, ou a ausência delas, fosse o suficiente para que ele me ouvisse.

— Sim, claro. — Ele pegou um papel que havia em cima da sua mesa. — A senhorita Ava criou uma pequena confusão na loja *Angel,* uma das vendedoras chamou a polícia alegando que ela queria levar sem pagar a peça de roupa da loja — relatou e arqueei minha sobrancelha enquanto olhava para ele.

— Ela colocou em sua bolsa, ou a escondeu de alguma forma? Ou passou pela porta com essa referida roupa? — tratei logo de perguntar, meu lado advogado pensava rapidamente.

— Não, mas ela fez uma pequena perturbação na loja... — Não esperei que continuasse, apenas o cortei com um aceno de mão.

— Senhor delegado, nós sabemos que se ela não praticou tal ato, então isso não pode ser caracterizado como crime. — Com um sorriso forçado esperei que ele me contradissesse, o que não aconteceu obviamente. Ele apenas pareceu cada vez mais sem compostura.

— Er... Mas bem... Não foi apenas isso... — Ele limpou a garganta, em uma tentativa de demonstrar um pouco de firmeza e continuou: — A senhorita Ava se recusou a atender ao pedido para que se retirasse da loja e nem mesmo quando os policiais chegaram pareceu se acalmar. Muito pelo contrário. A réu agrediu verbalmente um dos nossos policiais e foi presa por desacato. O delito de desacato tem pena cominada de seis meses a dois anos de detenção... — tentou explicar o que eu já sabia e meu sorriso se tornou ainda maior pela sua inocência.

Ele queria mesmo ensinar o B-A-BÁ para mim? Logo para mim?

— Eu sei muito bem disso, doutor Gurgel. Conheço muito bem as leis do nosso país e até mesmo de outros países, visto que não apenas me formei em Harvard, como também tenho dezenas de casos internacionais. — Fui pretensioso de propósito, pois sabia o quanto isso costumava deixar as pessoas sem jeito. — Mas, antes mesmo que eu converse com minha cliente e ela me explique exatamente o que aconteceu, nós dois também sabemos que ela não precisa ficar presa. Poderá ser concedida a soltura da minha cliente, mediante uma fiança nos casos de infração cuja pena privativa de liberdade máxima não seja superior a quatro anos. E bem, como não há nenhum agravante, isso será rapidamente concedido a ela. Ou eu estou errado? — Esperei que me contradissesse mais uma vez, o que não aconteceu.

— Sim. O doutor está certo. — Pareceu desconfortável.

— Então na característica de advogado da senhorita Ava, gostaria de conversar com ela. Onde ela está? — tentei não soar tão ansioso, o que não tinha tanta certeza de ter tido sucesso.

— Tive que mandar colocá-la na cela, pois ela estava muito arredia. Não sabia que havia contatado o advogado, senão a teria deixado aqui esperando um pouco mais. Embora, tenha que ser sincero, eu estivesse temendo que sua cliente me agredisse — confessou, envergonhado, e por algum motivo desconhecido sorri.

O fato de descobrir que haviam colocado-a em uma cela não me agradou nem um pouco, mas confesso que saber que ela não se intimidava por qualquer um, nem mesmo por um delegado, me disse exatamente o tipo de mulher que ela era. E bem, eu gostava disso.

— Sem problemas. Agora, por favor, mande trazê-la aqui para que eu converse com ela. E aí sim poderemos dar prosseguimento ao caso como se deve — falei, mais uma vez querendo me impor.

— Tudo bem. Vou mandar trazerem-na — ele falou por fim, sabendo que não tinha mais opção e, de repente, meu coração tratou de disparar em ansiedade.

Sim. Chegou a hora de conhecer essa bandida!

4

LORENZO

Depois de dar as ordens aos seus subordinados,o doutor Gurgel novamente veio tentar me bajular. Porque, eu não sabia. Ofereceu-me novamente café e, como eu sabia que ele continuaria a insistir, para não ser indelicado respondi que tomava apenas café descafeinado. O que era uma mentira, porque, para o meu paladar, café descafeinado era como tomar mijo de grilo e coisa de gente fresca. Mas ao menos funcionou e ele desistiu de insistir, antes de voltar a se sentar em sua cadeira.

Só que, ao invés de voltar aos seus afazeres como deveria e a lei exigia, afinal nossos impostos eram pagos para que ele trabalhasse, o maldito delegado pareceu ter achado interessante ficar me olhando, porque não tirava os olhos de mim. Peguei meu celular em uma tentativa de me distrair, tentando passar o tempo ou ao menos fazer com que ele se tocasse que estava sendo inconveniente, mas ainda assim conseguia sentir seu olhar sobre mim.

Essa porra era viado? Por que simplesmente não parava de ficar me olhando?

Sério. Estava começando a achar que esse delegado barrigudo estava interessado em meu corpinho gostoso, porque não era possível, ele mal parecia piscar enquanto continuava a me encarar.

Quando estava prestes a abrir a boca para dizer que eu gostava mesmo era de boceta, o que certamente poderia me fazer ser preso por desacato, a porta se abriu e por ela passou um policial que parecia ter medo da mulher que entrou em seguida.

Puta que pariu! Era a bandida mais linda que já vi!

Longos cabelos loiros e lisos caíam lindamente sobre seu ombro nu. Os olhos cor de mel mais claros que já vi, emolduravam longos cílios escuros curvados por uma camada grossa de rímel. E os lábios? Bom Deus! Pintados de vermelho, lindos, carnudos e suculentos, completando a obra de arte perfeita que era seu rosto.

Meu olhar instantaneamente desceu de forma lenta e deliberada pelo seu corpo, notando cada detalhe seu, desde a pele suavemente bronzeada que mal era coberta por um top que deixavam sua barriga chapada à mostra a um par de shorts minúsculos que pendiam sobre seus quadris em forma de violão.

E tinha suas pernas. Pernas lindas e delineadas que iam até dois pequenos pés calçados por um par de sandálias de salto e mostrava suas unhas pintadas da mesma cor dos lábios. E assim terminava a porra do pacote ridiculamente perfeito parado diante de mim. A porra do pacote perfeito que havia me deixado completamente embasbacado desde o primeiro momento que a vi de longe e havia me trazido até esse encontro.

Merda! Talvez eu devesse ter visitado a cadeia com mais frequência!

Eu, definitivamente, não estava esperando que ela fosse ainda mais bonita de perto. E, decerto, não esperava que meu coração batesse tão ridicularmente rápido quanto estava batendo naquele momento.

— Já disse para não encostar a mão, seu traste! — ela reclamou com o policial, que se mantinha o mais afastado possível.

— Está vendo, doutor? Ela continua desacatando meus policiais — o delegado falou, rabugento, tirando-me do meu momento de apreciação.

— Não se preocupe, Dr. Gurgel, ela não fará isso mais. Não é mesmo, Ava? — perguntei, esperando que entendesse meu joguinho e ela apenas franziu o cenho, mas seu olhar desceu por todo meu corpo, deixando-me ainda mais duro que já estava.

— Por que não deveria fazer? Estou aqui injustamente! Não é porque você é mais gostoso que o Lucas Lucco, que vai me fazer calar a boca! — Virou-se para o delegado. — Quero fazer a ligação que eu tenho direito. Sou bonita, gostosa, mas não sou burra, sei que tenho direito a uma. E também não é porque sou pobre que não posso fazer. Eu vi isso nos filmes! — reclamou decidida e eu tive que rir da sua pose confiante e desafiadora.

A danada era arredia mesmo. Linda, mas completamente arredia!

— Não vejo porque querer fazer outra ligação, quando seu advogado já está aqui — o delegado falou, parecendo confuso.

— Meu o quê? — A pergunta de Ava fez sua voz se elevar alguns decibéis e ela parecia ainda mais confusa do que ele.

Merda! Ela não podia estragar o disfarce que criei!

— Seu advogado. No caso eu. — Olhei-a profundamente, tentando fazer com que entendesse minha intenção, mas o efeito virou contra mim, pois meu pau ficou mais duro do que pedra.

Caralho! Daqui a pouco sou eu quem vai ser preso por atentado violento ao pudor!

— Delegado, o senhor poderia me deixar a sós com a minha cliente por um minuto? — perguntei e, embora parecendo relutante e até mesmo desconfiado pelo meu pedido, ainda assim concordou.

— Tudo bem. Apenas um minuto, doutor Lorenzo.

Assim que ele rapidamente se retirou, levando consigo o policial irritante, que agora se sentia seguro o bastante e parecia não ser capaz de tirar os olhos dela.

— O que você está fazendo aqui? — Foi a primeira pergunta que ela fez no momento em que a porta bateu.

— Sou Lorenzo Ber...

— Sim. Eu sei quem você é. Você é Lorenzo Bernardi, o Gostosão da CPI. — Fiquei surpreso por me conhecer, mas tive que rir do apelido que me deu. — Sério. Eu sou sua fã. Torci para que você aceitasse posar pelado. Queria ter certeza de que você era tão durão como parecia e eu imaginava em minhas fantasias. — Seu olhar perscrutador desceu pela minha calça, se fixando no local exato em que minha virilha mantinha uma ereção nada discreta. — E, pelo visto, eu não me decepcionaria nadinha com o que veria — afirmou com um sorriso malicioso.

Cacete! Ela era uma bandida mesmo! Uma bandida linda, gostosa, deliciosa, mas definitivamente uma bandida!

— Er... Eu... — pela primeira vez na vida fiquei sem saber o que dizer.

Droga! O que essa mulher estava fazendo comigo?

— Doutor Lorenzo, te fiz uma simples pergunta. O que um advogado como você está fazendo aqui? E melhor: Por que está querendo me ajudar? — insistiu, como se não tivesse acabado de me deixar embaraçado pela minha indiscrição.

— Bem... Er... Eu a vi sendo algemada na loja. E como advogado, não queria que estivesse acontecendo nenhuma injustiça. Por isso vim tentar te ajudar. Queria ter certeza de que ficaria tudo bem. — Achei que a sinceridade talvez fosse a melhor opção, mesmo que não fosse apenas esse o motivo de ter ido parar ali.

— Por que me ajudar? Você nem ao menos me conhece. — Ela parecia ainda mais chocada com a minha sinceridade, até mesmo desarmada, o que a deixou ainda mais irresistível.

O momento se tornou intenso de uma maneira que eu não sabia explicar e quando me vi, já estava de pé e me aproximava mais e mais do motivo daquela loucura. Era como um imã. Um magnetismo que me puxava até ela. Uma porra que eu realmente não conseguia explicar. Eu simplesmente não fui capaz de comandar meu corpo e quando percebi, já estava diante dela, apenas alguns centímetros nos afastando.

— Eu não sei. Quando vi já estava aqui. Algo sobre você me fez vir ao seu encontro. — E, dessa vez, fui completamente sincero.

Sua respiração ficou presa e ela arfou diante minhas palavras. Seu coração parecia estar acelerado. Tão acelerado quanto o meu. Tudo que eu queria e desejava era acabar com a distância que ainda nos separava. Tudo que eu queria era poder tomar sua boca suculenta com um beijo. Provar do seu gosto. Do seu sabor. E segurar seu corpo gostoso, adorá-la, sentir cada pedaço seu com minhas mãos e boca.

Só que eu, definitivamente, não poderia fazer isso ali e nem naquele momento, exatamente por esse motivo usei todo meu autocontrole para me afastar.

— Preciso que me conte exatamente o que aconteceu para que eu possa te ajudar e te tirar daqui. — Limpei a garganta e consegui perguntar.

Ela assentiu, parecendo tentar recuperar a compostura e o fornecimento de ar que havíamos perdido há pouco. Depois de respirar profundamente, Ava suspirou e começou a me contar o que realmente aconteceu.

♥

— Então é isso, delegado, minha cliente assume que se exaltou, mas ela apenas perdeu o controle por esse motivo, que o senhor há de concordar que é bastante relevante — eu disse minutos mais tarde e, mesmo hesitante ele assentiu.

— Sim, claro. Se o que a senhorita Ava diz é verdade, ela tem toda razão de ter ficado irritada pelo ocorrido. Iremos averiguar todas as informações. A senhora tem como provar que o desenho é seu? — perguntou e Ava pareceu insultada com a sua pergunta. Novamente temi que explodisse e com isso complicasse sua situação já complicada.

— Mas é claro que sim! Além de ter o desenho, fotos de toda produção do vestido, eu costumo registrar os croquis de cada peça de roupa que faço. Eu posso ser pobre, morar em favela, não ter feito faculdade, mas não sou burra não, ohhh delegado! — respondeu aborrecida.

— Não precisa ficar nervosa, Ava. O delegado está apenas fazendo o trabalho dele — garanti a ela em uma tentativa de acalmá-la e depois me virei para o delegado para perguntar: — Não é mesmo, doutor? — Minha busca por uma afirmativa sua veio acompanhado do meu melhor olhar de quem não deixava brechas para contestação. O que certamente já havia me ajudado a ganhar muitos casos ao longo da minha carreira.

— Com certeza, doutor Lorenzo. — Se apressou em responder, certamente temendo me contrariar. — Com o certificado de registro fica mais fácil de darmos prosseguimento a investigação. — Ele remexeu em uma papelada em cima da sua mesa enquanto prosseguia: — E conforme for, poderemos dar entrada a um processo de plágio.

— E danos morais e materiais, pois a minha cliente foi a única prejudicada nessa situação — complementei e ele concordou enfaticamente, enquanto olhava de mim para ela.

— Não importa quem seja. Eu quero que paguem por isso — Ava disse decidida.

♥

— É aqui que você mora? — perguntei, ao avistar a casa pequena e simples no final da rua, pintada na cor rosa shocking.

— Sim. É aqui que eu moro. Algum problema com isso, doutor Lorenzo? — perguntou na defensiva e seu tom de aborrecimento não me passou despercebido.

— Nenhum — me apressei em responder. — Mas é realmente a sua cara. Mesmo que você não tivesse me apontado qual era sua casa, acho que saberia que era essa. — Sorri e ela pareceu relaxar.

— Ah! Sim! — Pareceu um pouco sem graça, as bochechas ruborizadas deixaram-na ainda mais linda.

Definitivamente eu não estava no meu normal. Depois que consegui liberar Ava sem nem mesmo precisar de um *habeas corpus,* garantindo para o delegado que ela estaria lá caso precisassem, me ofereci e até mesmo insisti quando ela negou minha carona, porque eu queria trazê-la em casa. Na verdade, eu não apenas desejava ficar mais tempo com ela, como também queria saber onde morava, para que eu pudesse encontrá-la caso precisasse e o número de celular que ela havia me dado não funcionasse.

Grande besteira, eu sabia. Isso estava se tornando cada vez mais insano. A cada segundo que passava, desconhecia cada vez mais o antigo Lorenzo que antes habitava meu corpo.

Se fosse em outro momento, em uma situação um pouco diferente, algo que não envolvesse uma delegacia, por exemplo, eu a levaria para o motel mais próximo e não me importaria que ela tivesse acabado de ser presa. Não que já tivesse pego uma contraventora um dia. Não que eu soubesse ao menos, a não ser que a secretária delatora do ex-ministro que coloquei atrás das grades contasse. Mas o caso era, que depois de fazer o que queria com ela, chamaria um táxi e a dispensaria. No entanto, estava ali e parecia simplesmente não querer me despedir.

— Então, está entregue, senhorita Ava — me achei na obrigação de dizer depois do minuto de silêncio que surgiu.

— Obrigada, doutor. — Ela sorriu e eu juro que seu sorriso era o mais lindo que já tinha visto um dia.

— Vamos parar com essas formalidades, Ava. Chame-me de Lorenzo, por favor — pedi, um pouco incomodado, embora ouvir essa formalidade de sua boca fosse sexy.

— Mas não é antiético que a cliente chame o advogado pelo nome? — perguntou provocativa e eu podia ver um sorriso contido naquela boca carnuda.

— Antiético seria se eu a beijasse como queria fazer na delegacia — fui sincero e seu sorriso rapidamente tornara-se malicioso.

— Hummm... E por que não fez? — rebateu e juro que a minha vontade foi de atacá-la naquele momento, mas ainda assim não fiz.

Por que mesmo estava tentando bancar o bom rapaz? Eu não era um bom rapaz! Era mau! Muito mau! E o pior: sabia que ela adoraria isso!

— Porque então estaríamos os dois presos e você não teria um excelente advogado como eu para lhe tirar da prisão.

Ela riu, antes de morder o lábio cheio e me encarar cada vez mais ferina.

Merda! Está cada vez mais difícil, Lorenzo!

— E o excelente advogado, por acaso, vai me dizer agora ou não, quanto vai me custar seus honorários? Porque não preciso nem dizer que eu não tenho um puto para lhe pagar. — Levantou a sobrancelha bem delineada, sem desviar por um segundo seu olhar do meu.

— Discutiremos o preço que você terá de me pagar amanhã no jantar. — Sorri convencido, ao passo que minha afirmação saiu mais como uma promessa.

— Isso é um convite? — perguntou, tentando segurar o riso.

— Não, dona Ava. Isso é uma intimação. Eu vejo você amanhã. — Meu sorriso aumentou ainda mais quando ela sorriu, maldosa.

— Boa noite, doutor Lorenzo. — Ela se debruçou contra mim e, antes mesmo que seus lábios encostassem em minha bochecha, propositalmente me virei para que eles tocassem no canto dos meus.

O contato foi rápido, mas foi o suficiente para me fazer querer mais. E acredito que ela queria o mesmo diante da sua reação. Nós dois queríamos e isso poderia ser sentido no ar que nos rodeava. Mas, por algum motivo, nenhum de nós fez mais nada.

Cadê as bolas que eu tão orgulhosamente dizia carregar?

— Boa noite, Ava. Te pego, às oito — disse enquanto ela abria a porta do carro e saía.

Ava então olhou para trás e seu olhar e sorriso provocativos foram tudo que vi enquanto seguia o caminho para casa.

— Meu Deus! Hoje vou me acabar no "cinco contra um" pensando nessa bandida! Maldita!

5

AVA

Eu vi o carro importado e absurdamente caro se afastar, mas nem mesmo quando perdi Lorenzo de vista parei de olhar para a rua estreita que passara e que destoava completamente do veículo que conduzia. Não precisei olhar ao meu redor para saber que toda a vizinhança também fazia o mesmo e isso significava que eu certamente seria a fofoca na comunidade por um longo tempo, porque não era todo dia que um carrão como esse passava ou tinha a coragem de chegar ali.

Já até imaginava o que as más-línguas diriam: Provavelmente que eu havia fisgado um homem cheio da grana, que estava programando dar um golpe do baú ou algo parecido. Mas eu não me importava nem um pouco realmente. Não devia nada a ninguém mesmo. Só estava no Serasa porque de um empréstimo bancário que fiz para conseguir montar a loja, mas isso não era nem um pouco relevante ao caso. Tinha coisa mais importante para processar aquela noite.

Meu dia havia sido um inferno. Eu não sabia nem dizer o quanto fora ruim para eu saber que o fruto do meu trabalho havia sido roubado. Que uma criação minha, que eu havia me empenhado tanto para produzir, estava sendo vendida como se fosse de outra pessoa e esse alguém estava se aproveitando direta e indiretamente de mim.

Nunca fui a mais controlada de todas, mas eu não podia simplesmente deixar um absurdo desses passar sem punição. Precisava lutar pelo meu. Explodi feio por não agir com a cabeça, pois a perdi completamente quando não pensei no que estava fazendo e o resultado foi parar atrás das grades. Não me importei em ser presa realmente, eu precisava consertar esse absurdo e levantar a voz para me fazer ser ouvida. O que talvez não tenha saído exatamente como eu queria. Mas ver o sol nascer quadrado era melhor do que permitir isso acontecer.

Só que então ele apareceu. Lorenzo Bernardi. Lindo, gostoso, delicioso até o último fio do cabelo, veio e me salvou, livrando-me de ter de continuar naquele lugar quando eu estava apenas lutando por justiça. Ele poderia ser até mesmo um cavalheiro de armadura brilhante, mas eu enxergava ainda mais por trás do terno importado. E bem que eu queria enxergar ainda mais.

Estava realmente falando sério e não menti quando disse lamentar o fato dele não ter posado pelado após a CPI. Na verdade, havia ansiado desesperadamente poder babar por ele ao menos através das páginas das revistas masculinas, mas isso só aconteceu nos meus sonhos mesmo.

Não costumava assistir a TV Senado, eu não fazia esse tipo intelectual, na verdade acho que ali só rolava baboseira e conversa para boi dormir. Os políticos ali só falavam e falavam e nada faziam, as favelas brasileiras e a desigualdade social do país eram provas vivas disso. Mas um dia, sem querer, acabei mudando no canal e por ali mesmo fiquei quando o vi.

Se me perguntarem o que rolou durante toda a CPI, decerto não saberia responder. Não entendia mesmo o que falavam. Mas se me perguntarem as roupas que Lorenzo usou durante os dias em que fazia sua acusação, eu poderia descrever tudinho e com detalhes. Com exceção, claro, da cor das cuecas, que embora tivesse tentado ver, infelizmente não consegui.

Eu me tornara uma viciada. Assisti-lo no julgamento era como assistir um seriado em japonês. Não entendia nada, mas ainda assim assistia, porque o que realmente importava era a vista.

E, puta que pariu, que vista!

Comer pipoca assistindo TV nunca havia sido tão interessante antes. Até mesmo lamentei quando ele conseguiu caçar o mandato daqueles políticos corruptos e acabram os julgamentos. Depois disso, sempre consultava a internet ou assistia um pouco o canal, para ver se ele não voltava com uma nova CPI.

Claro, não podia perder um espetáculo desses!

Porém, apesar de achar ele lindíssimo pela TV, a realidade era definitivamente muito melhor. Porque, nossa, que delícia de homem, viu?

Quando o vi ali naquela delegacia, quase pedi para que me algemasse, me colocasse em uma cela e fizesse o que bem entendesse comigo. Juro que não reclamaria. Não mesmo.

— Quem era aquele? — A voz de Marcelo me assustou, tirando-me dos devaneios loucos e um pouco pervertidos com o Dr. Lorenzo Bernardi.

— Ai cacete, Mouse! Que susto! — Vire-me para ele, enquanto colocava a mão no meu peito, que batia disparado.

— Quem era? — voltou a perguntar carrancudo e revirei os olhos, antes de responder:

— Não é da sua conta. — Segui andando em direção a minha casa, ignorando-o completamente, afinal, ele não tinha nada a ver com isso mesmo.

Mas meu dia de bosta ainda não havia terminado, pois aparentemente não iria me livrar desse encosto tão cedo, que foi acompanhando cada passo meu.

— Fui até sua casa falar com você sobre a festa e a Michelle disse que ainda não havia chegado. Ela tentou falar com você...

— Aconteceu alguma coisa com a minha mãe? — interrompi-o de imediato, alarmada que algo pudesse ter acontecido.

— Não. Dona Dinorá está bem. Michelle estava apenas preocupada. Tinha prova hoje, mas sabia que você não gostava de deixar sua mãe sozinha. Por isso me ofereci para ficar com ela até que você chegasse para que ela não perdesse a prova — meio sem jeito explicou e meu sorriso cresceu quando entendi o exato motivo dele estar ali.

— Por isso que você estava à espreita, esperando a minha chegada, né, Marcelo? — Levantei a sobrancelha e ele concordou, envergonhado.

Minha mãe era estupidamente apaixonada por Marcelo até mesmo antes de começarmos a namorar, afinal ela o vira crescer. O tratava como o filho que não tinha e, quando ele vinha para nossa casa, sempre repetia isso em voz alta. Morria de orgulho dele enquanto jogava futebol, era sua fã mesmo e também sofreu junto com ele quando foi obrigado a interromper sua carreira por causa da lesão.

Mas, desde que minha mãe soube da sua traição, ela preferia ver o cão a ver o Marcelo. A verdade era que ela era mãe e o odiava por ter me feito sofrer. Não importava que eu não ligasse mais para isso, que para mim fizesse parte do passado, para ela o Marcelo sempre seria aquele que me magoou e quebrou meu coração e para ela isso não tinha perdão.

Durante meses, ela ficara sem falar até mesmo com a mãe dele, que por mais que fosse sua melhor amiga e lhe pedisse desculpas pelo que o filho aprontara, ainda assim dona Dinorá foi irredutível, dizendo que ela havia permitido que fizessem aquela pouca vergonha embaixo do seu teto. Não importou que ela tivesse mandado sua sobrinha de volta para o interior dos infernos que nunca deveria ter saído, minha mãe ainda assim não a perdoou.

E mesmo após anos, toda vez que o Marcelo estava por perto, minha mãe fazia o possível e o impossível para garantir que os momentos dele ao seu lado fossem os piores possíveis.

É. Eu tinha a quem puxar!

Exatamente por esse motivo, que por mais que ele tenha se oferecido para ficar com ela, ainda que soubesse no que isso resultaria, eu quase senti pena dele. Quase.

— Obrigada por ficar com ela, Mouse — agradeci, porque, embora fosse um cachorro, ele sabia que deixá-la sozinha me deixaria preocupada.

— De nada, minha deusa. Disponha. Você sabe que se precisar estamos aí. — Sorriu de modo genuíno e eu sabia que era verdade.

— Bom. Boa noite, Mouse. Eu vou indo. Preciso desesperadamente de um banho, um prato de miojo, alguns minutos com meu vibrador e a minha cama. Não necessariamente nessa ordem — expus minha necessidade latente, porque eu não tinha porque esconder mesmo.

— Oh, deusa, não fala isso não — murmurou de forma quase torturada.

Em um gesto rápido seu corpo encostou-se ao meu e sua respiração quente em minha pele me fez arrepiar. Não como Lorenzo havia conseguido com muito menos, mas o bastante para as coisas vibrarem lá embaixo e minha imaginação viajar.

O quê? Eu não era de ferro! Tinha uma periquita que, definitivamente, precisava de carinho e atenção!

— Marcelo, eu acho bom você me soltar. Porque, depois de ser presa, a última coisa que quero agora é ir parar em uma delegacia novamente, por cortar o que você chama de pau! — Tratei de empurrá-lo, para que mais nenhuma aproximação acontecesse.

O que eu definitivamente não precisava era de arrependimentos depois desse caos que minha vida se tornara. Porque sim, tinha certeza de que o arrependimento chegaria depois de um orgasmo meia boca que ele certamente me daria. Já bastava o arrependimento que ainda carregava por ter sido cega enquanto namorávamos.

Apesar de não querer cair na tentação, uma coisa eu não poderia negar: Marcelo era lindo e gostoso pra cacete! O tempo realmente fora bom para ele. E ter um ex assim era um carma e também um atentado para toda ex que deseja que o namorado embarangue depois do término e também broche e seja "infeliz para sempre".

Porque sim, não havia como negar, toda ex-namorada em algum momento da vida, nem que seja por alguns segundos, deseja isso para seu falecido. E, repetindo, Marcelo poderia ser gostoso pra cacete e eu também estar numa seca brava, mas isso não mudava o fato dele ser um traidor. E uma coisa que eu fazia era sempre cumprir minhas promessas. Prometi a mim mesma que não voltaria para ele e nem mesmo cairia em tentação, jamais, e isso não mudaria em um momento qualquer. Não importava o quanto estivesse carente.

Nada que um vibrador não possa resolver!

— Ava, por que continua com esse jogo duro? Você sabe que era perfeito entre nós. — Sua cara de cachorro sem dono só deu um tom ainda mais dramático a sua afirmação e foi a minha vez de rir, embora fizesse isso sem humor algum.

— Perfeito? — Tive que gargalhar e ele fez uma careta. — Marcelo, você sabia que nada era fácil para mim. Eu me matava trabalhando, estudando e ainda tendo um lar e uma mãe doente para sustentar. Dedicava todo o restante do meu tempo a você, para você se sentir melhor. Para não continuar depressivo por não poder seguir com seu sonho. Eu o amava, Marcelo. Amava de verdade. Acreditava em você. Acreditava em nós dois. Acreditava que poderíamos ter um futuro juntos. E o que você fez? Traiu-me com a vagabunda da sua prima! E sabe-se lá quantas além dela! — bradei, perdendo o prumo, porque ele, definitivamente, havia subestimado minha inteligência.

— Eu sei que fui idiota, Ava. Por Deus! Eu sei bem. Não vou usar a desculpa de que a carne é fraca. Sei que fui um babaca, não dei o valor real a você, mas apenas me deixei levar pelo momento. Pensei apenas com a cabeça de baixo. Mas eu te amo, Ava. Nunca deixei de te amar.

Ele estava brincando, né?

— A carne pode ser fraca, seu babaca, mas quem tem de ser forte e não cair nesse papinho clichê péssimo sou eu. Eu mereço mais que isso, Marcelo. Mereço mais. Não esse amor fraco e sem autocontrole. Se é que isso é amor. — Suspirei, estava cansada do meu dia e, principalmente, de bater na mesma tecla. — Obrigada por cuidar da minha mãe, Marcelo. Boa noite.

Não esperei a resposta que sabia que viria, apenas virei as costas e segui para dentro de casa. Eu definitivamente não gostava desse tipo de embate. Sempre me sentia um pouco culpada depois, achando-me até mesmo dura demais, porque eu tinha um temperamento difícil e era bem fácil de explodir, mesmo que soubesse que não tive culpa das suas escolhas erradas.

Marcelo não costumava protagonizar muito essas cenas. Na maior parte do tempo, ou em quase todos eles, ele se limitava a me dar suas indiretas mais do que diretas e eram raras as ocasiões em que insistia com esse papo. Principalmente porque ele sabia que não tinha razão quando o assunto era sua traição e que bater de frente comigo era perda de tempo.

Logo após nosso término, era mais difícil para mim, não apenas por estar puta da vida com ele pelo que havia feito, mas também por estar decepcionada. E era ainda mais difícil porque, durante um tempo, Marcelo foi persistente e não queria largar o osso. Procurava até mesmo confusão quando me via com alguém em alguma festa. Perda de tempo sua, claro, porque isso não me impedia de dar para quem eu quisesse.

Como diz a música da filósofa contemporânea, Valesca Popozuda: A porra da boceta é minha![2]

Foi também nessa época que aprendi que podia não apenas me amar mais, mas aprendi principalmente que eu podia ser mais forte. Era uma coisa interessante saber o que um chifre faz com a gente, né? Acho não seria metade da mulher que era, se não tivesse descoberto sua traição.

Então, viva os chifres!

---

2 A Porra da Boceta é minha – Gaiola das Popozudas

6
AVA

Entrei em casa e como acontecia desde que minha mãe caiu doente, fiquei feliz e aliviada em saber que ela estava ali na sua posição costumeira, sentada no sofá, assistindo sua novela, enquanto tricotava a bainha de uma peça de roupa que insistia em me ajudar a fazer.

Eu não estava mentindo quando dizia que minha mãe era tudo para mim. Ela realmente era o meu mundo. Tudo que eu sempre tive e não conseguia imaginar viver sem. Desde sempre fomos nós duas e quando a vi doente, só conseguia pensar que não poderia perdê-la, porque se isso acontecesse era como se perdesse meu norte.

Meu pai e minha mãe nunca se casaram. Segundo ela, foi apenas um caso passageiro, em que ela sustentava suas necessidades e, apesar dele ter dito a ela que assumiria realmente sua filha, a única coisa que fez por mim foi me registrar e depois disso sumiu no mundo. Antes não tivesse feito, porque eu o odiava ainda mais por esse detalhe. Ele poderia apenas ter me deixado ser registrada pela minha mãe e esquecer que eu existia como fez um dia após me registrar.

As crianças costumam sentir falta de um pai e chegam a uma idade que querem respostas. Mas eu não. Nunca tive vontade de procurá-lo. Talvez para matá-lo por ter me dado esse nome, mas sempre achei que não valia a pena perder meu tempo indo atrás desse ser. Eu, definitivamente, vivia melhor sem ele.

E se eu não sentia falta de um pai, era por causa dessa mulher, que havia sido minha mãe e meu pai. Batalhando a cada dia por mim, pela minha felicidade, pelo nosso sustento. Mostrando-me que eu podia tudo e que ela estaria sempre comigo em cada batalha.

— Boa noite, mãezinha — cumprimentei-a com um beijo estalado no rosto.

— Oi, filhota. Demorou hoje. Aconteceu alguma coisa? — perguntou deixando de lado sua costura, enquanto me olhava preocupada.

Eu não queria preocupá-la mais, por isso achei melhor que não soubesse o que realmente houve.

— Só um problema na oficina, mãe. Nada de mais. Desculpe o atraso — menti e ela me olhou como se soubesse exatamente o que eu estava fazendo, embora parecesse esperar de mim a verdade. O que, decerto, não aconteceria, por isso me limitei a sorrir para reforçar o que eu havia dito.

— Hum... Tudo bem. Deixei uma sopa pronta para você. Ela tá quentinha. Vou colocar para esfriar enquanto toma banho. — Ela já se levantava de onde estava sentada quando começou a falar e eu sabia que não adiantava de nada contestar dona Dinorá, era apenas causa perdida.

— Certo, *mamis*. Vou tomar banho e já volto. — Soprei um beijo e fui em direção ao meu quarto.

Assim que adentrei ao cômodo, coloquei minha bolsa sobre a cama e tirei os saltos que estavam me matando, antes de seguir direto para o banheiro, que ficava do outro lado do corredor. Despi-me das roupas que vestia, jogando-a no cesto de roupa suja, mesmo que meu desejo mesmo fosse de jogá-las no lixo para tentar apagar a memória de onde as vesti. Mas fazer isso certamente voltaria a levantar suspeitas de minha mãe.

Embaixo da água me esfreguei o máximo que pude, tentando tirar aquele cheiro de cadeia que estava começando a achar que era meu novo perfume. Depois do banho enrolei uma toalha em minha cabeça, antes de hidratar todo meu corpo e vestir minha camisola simples de algodão que estava pendurada na porta.

Segui para a cozinha, onde conversei com minha mãe, enquanto tomava minha sopa de legumes com torradas. Tomei cuidado para não dizer nada sobre o ocorrido, apesar de saber que minha mãe provavelmente percebia que havia acontecido algo, pois ela me conhecia bem demais para não ter esse tipo de percepção.

— Amanhã sua tia Dora chega. Pensei em fazer algo diferente para o jantar — minha mãe comentou, quando eu já estava lavando o prato que havia usado.

— Parece ótimo, *mamis.* Mas eu não vou jantar em casa. — O sorriso em meu rosto foi involuntário ao me lembrar do convite, ou melhor, da intimação de Lorenzo para o dia seguinte.

— Vai a algum lugar? — ela perguntou, curiosa.

— Na verdade, vou jantar com um amigo.

Que eu esperava que se tornasse ao menos um amigo beeeem colorido!

— Esse amigo, por acaso, não é o babaca do Marcelo, não é? — indagou carrancuda e eu ri.

Não disse?

— Não, mãe. Não vou sair com o Mouse. Vou sair com um cara que conheci — me limitei a responder, enquanto tirava algumas coisas de cima da mesa para lavar e retornava para a pia.

— Quem é o cara, Ava? — insistiu, com seu modo mãe ativado.

— Lorenzo Bernardi. — Desviei o olhar do seu, mas antes mesmo disso acontecer pude ver claramente o queixo dela lá embaixo.

— O advogado bonitão? — perguntou chocada e eu tive que rir.

Sim. Até minha mãe babava no homem! Como não?

— É, mãe. Ele mesmo. Em carne, osso e gostosura.

— E de onde você conhece esse cara, Ava? — Minha mãe estava bastante intrigada, pois para ela era obviamente estranho que eu saísse com um homem como ele.

— Conheci hoje. — Voltei a desviar o olhar do seu e me concentrei em esfregar com a bucha de prato uma sujeira inexistente na panela. — Ele me deu uma carona até aqui.

— E te chamou para jantar assim? Do nada? — Sua voz saiu alguns decibéis mais alta quando fez sua pergunta.

— O que é, mãe? Tenho culpa se sua filha é gostosa? — Eu estava tentando distraí-la, o que ela, decerto, percebeu, pois revirou os olhos, antes de falar de maneira enigmática:

— Tudo bem. Só tome cuidado, filha.

Oi?

— Por que cuidado, mãe? — Virei-me para perguntar, sem entender o motivo do seu aviso e vi muita coisa em seus olhos que não gostaria de ter visto.

— Homens poderosos como ele costumam querer brincar com mulheres como você. Eu não quero vê-la magoada — elucidou de uma forma fria e distante, deixando-me cada vez mais confusa.

Hein? O que eu perdi?

— O que a senhora quer dizer com isso, dona Dina?

— Apenas que você tome cuidado. — Levantou-se da cadeira. — Eu vou me deitar. Estou cansada. Boa noite, minha filha. — Percebi que ela estava fugindo quando não olhou para mim outra vez. Por isso decidi não insistir.

— Bença, mãe — pedi sua bênção como costumava fazer todas as noites, mas enquanto a vi se afastar continuei cismada com toda aquela conversa.

O que diabos ela havia me dito? O que havia sido isso?

♥

Como em todas as outras noites, eu havia dormido pouco. Antes de ir me deitar e dar meu dia como encerrado, por mais que estivesse cansada ainda coloquei as roupas para bater na máquina e passei a costura em algumas peças que eu tinha deixado alinhavadas. Pelo menos, eu poderia compensar novos modelitos na loja, as peças da nova coleção que eu atrasaria por causa dos tecidos que não havia comprado antes de ser presa.

Joguei o despertador na parede e mesmo que sentisse como se um elefante estivesse sentado na minha cabeça, eu me levantei no momento exato em que *Hoje* começou a tocar. Rebolei até o chão, porque o dia não é dia se você não dá uma boa requebrada na cara da preguiça.

Segui com minha rotina e depois de me despedir de minha mãe, estava saindo de casa e dei de cara com minha amiga Bianca.

— Justamente quem eu queria falar — falei alto quando ela continuou a andar, como se não tivesse me visto.

— Oh, Ava. Oi. Desculpe, tô atrasada. Depois a gente se fala — disse rapidamente e continuou a andar, mas a segurei pelo braço.

— Não tão rápido, dona Bianca. Eu quero falar com você agora!

— Ih! Já vi que tá de mau humor. — Sorriu, forçado, eu diria. — Desculpe não ter ido pegar as roupas ontem, Ava. Estava pegada no trabalho. Você sumiu.

— Sumi nada. Continuo morando no mesmo lugar, tenho o mesmo número de telefone. O problema aqui foi que você não precisou de nenhum favor meu e nem de uma peça de roupa minha para vender — minha afirmação foi feita de forma bastante ácida, o que pareceu assustá-la sobremaneira.

— O que houve, Ava? Que cara é essa? — perguntou, quando viu que minha cara fechada não estava para brincadeira.

— Primeiro, eu posso ser linda, mas não sou obrigada a ficar sorrindo para todo mundo não. Especialmente tão cedo. E segundo, é muita cara de pau sua me perguntar isso, quando você sabe o que está acontecendo! — Estava irritada e isso não era porque não havia tido tempo de brincar com meu vibrador, mas sim porque se existia uma coisa no mundo que eu odiava era gente sonsa.

— O que está acontecendo? — Sua pergunta foi feita de uma forma genuinamente confusa.

— Você não sabe mesmo? — inquiri desconfiada e não deixei de olhá-la, esperando alguma coisa em sua reação que a denunciasse.

— Não, Ava. Claro que não. — Ela parecia alarmada.

— Descobri que uma loja de grife da zona norte está vendendo as roupas que criei. Especialmente os vestidos que dei para você vender.

— Como assim? — perguntou assustada, quase me deixando surda.

E aí comecei a contar a ela tudo que houve.

♥

Bianca ficou revoltada com o que lhe relatei. Por um momento cheguei a achar que ela teria algo a ver com essa trambicagem toda, mas eu a conhecia bem e não deveria sequer ter passado isso por minha cabeça. Bia era minha melhor amiga desde que me entendia por gente. Havíamos crescido juntas. Passamos o rodo juntas. Não era possível que me apunhalasse pelas costas.

Ela explicou que havia vendido os vestidos para uma amiga do seu trabalho, que dizia ter esse contato com a trambiqueira de fora e que não tinha nenhum contato com a compradora. Garantiu-me que passaria todas as informações e até mesmo seria minha testemunha caso precisasse.

Quando nos despedimos, como sempre estava atrasada, mas eu não poderia deixar de ir à loja de tecidos, pois tinha encomenda para entregar nos próximos dias e não poderia me dar ao luxo de perdê-las. Especialmente naquele momento que teria toda essa questão do "plágio" para resolver e um provável processo a enfrentar.

Depois de avisar a minha vendedora para que abrisse a loja, peguei um ônibus em direção ao meu destino. Alegria de pobre era um ônibus vazio. Mas como pobre não costuma ter tanta sorte, desnecessário seria dizer que o que peguei estava lotado. O resultado foi ter de ir o caminho todo de pé e isso, com certeza, não seria tão incômodo de se fazer, mesmo usando um salto de 15 cm como eu usava, mas o grande problema eram os outros passageiros.

Não sou uma pessoa de reclamar muito da vida. Na verdade, apesar de todas as dificuldades, era feliz com a vida que levava, apenas aceitava o que me era dado e batalhava pelo destino que queria para mim. Só que fazer isso requeria empenho, claro. Mas, ainda assim, nada no mundo fazia com que eu deixasse minhas obrigações comigo mesma.

Foi pensando nisso que cheguei à conclusão de que existem duas espécies de passageiros de ônibus, que são inimigas do restante dos passageiros.

Daí eu pergunto: Qual o problema das pessoas e o banho em plena manhã?

Sério. Eu não sou uma pessoa muito matinal, mas tinha que acordar cedo porque não nasci rica e linda como a Gisele Bündchen, tinha que ralar pra caralho para poder pagar minhas contas, pois elas não se pagavam sozinhas. Mas ainda assim não era eu mesma se não tomasse uma xícara de café e um belo banho gelado, pois para mim ele era revigorante e despertador. E aí está o primeiro tipo de pessoa: as fedorentas.

Toda vez que estava em um ônibus, acabava encontrando uma pessoa que não parecia ser muito adepta a banhos ou que, provavelmente, deveria ter "alergia" ao desodorante e até mesmo a um mísero sabonete. Se a superfície fedia, não gostava nem mesmo de pensar como eram as partes "mais profundas". Decerto, ninguém conseguia chegar perto, quanto mais viver assim.

Por que os fedorentos eram assim, meu Deus?

Já que não gostavam de tomar banho por si mesmos, que ao menos tomassem pelos outros. Nosso olfato agradeceria. Fora que a vida amorosa deles deve feder tanto quanto eles, afinal, alguém precisa dizer para essa espécie que o amor é cego, mas tem olfato. A minha vontade mesmo era de levar um quilo de limão e esfregar na cara e no sovaco de cada pessoa desse tipo.

Abaixo o povo do sovaco fedorento!

Mas o povo catinguento ainda não era a pior categoria que encontrávamos no ônibus, para mim o pior mesmo era o segundo tipo: os tarados.

Vivemos em uma sociedade sexualmente liberal. Homens e mulheres podem transar livremente, coisa que não era possível fazer antigamente. Mas ainda assim existiam homens que achavam que precisavam se esfregar nas mulheres dentro de um ônibus.

O que eles achavam? Que conseguiriam uma transa assim? Mais fácil conseguir um chute nos ovos!

Não sei o que existia na cabeça desses seres, que resolviam se aproveitar do ônibus lotado para se esfregar nas mulheres que ali estavam. Se realmente estavam tão necessitados e não encontravam uma mulher para transar, ainda existia uma mão para tentar amenizar a situação.

Mas não. Acho que os tarados não apenas achavam que as coisas seriam fáceis para eles, que conseguiriam sua tão sonhada "sarrada", como também de alguma forma deviam romantizar a situação. Sei lá, eles deviam acreditar que iriam achar uma mulher para eles assim.

Vai entender cabeça de tarado!

Já pensou? Seu filho vem e te pergunta: "Mamãe, como você conheceu o papai?". Aí você vai e responde: "Ah, filho! Conheci seu pai no ônibus 1402, destino Centro, enquanto ele se roçava em mim durante o trajeto. Foi amor à primeira sarrada". Só que não!

Não me importava com os rótulos que a sociedade nos colocava ao nos julgar pela capa. Especialmente nós mulheres. Usava short curto sim. Usava a barriga de fora sim. Batom vermelho também. Pegava quantos homens eu pudesse porque eu podia. Mas isso não queria dizer que era obrigada a aceitar que me tratassem da forma que lhes convinha. Que eu apenas ficasse de boca calada e deixasse fazer o que quisessem.

Deveria repetir: A porra da boceta é minha! Respeito é bom e todo mundo merece!

Entenda o que estou querendo dizer, você pega um ônibus de manhã cedo, o que definitivamente já não deve ser seu programa favorito. Tem que ir o trajeto todo em pé porque está lotado e, inclusive, pega um engarrafamento horroroso até a chegada do seu destino.

Tinha um gordo suando ao seu lado. Do outro lado, um guri que parecia não tomar banho há semanas e estava com o sovaco fedorento na sua cara. Na sua frente havia uma guria ouvindo Pagode Evangélico *(Oi? Isso não deveria ser pecado?)* em uma caixinha de som do Demônio, que parecia prestes a explodir seus tímpanos, apenas porque ela não conhecia uma invenção fantástica chamada fone de ouvido.

E como se toda essa situação constrangedora de um ônibus não fosse o bastante, chegou um tarado dos infernos, esfregando seu membro nojento na sua bunda.

Como se tem um bom dia assim?

Ainda respirei fundo uma e outra vez, esperando para ver se o idiota se tocava ou que fosse apenas um engano, mas ele não perdeu oportunidade de continuar a se aproveitar da situação. Juro que até mesmo pude ouvi-lo gemer. Eu estava prestes a chegar ao meu destino quando finalmente olhei para trás e explodi para que todo mundo ouvisse:

— E aí, seu ridículo? Já gozou? Se não gozou adianta logo, porque desço no próximo ponto de ônibus!

Todos os passageiros pararam para olhar o tarado, que parecia não ter mais do que dezenove anos e ter enfrentado malária, de tão magrelo e amarelo que era. Ele se afastou como se minha bunda tamanho 115cm naquele momento pegasse fogo e sorri para ele, antes de puxar a corda para avisar que saltaria no próximo ponto de ônibus. E como não tinha nada a dever, saí desfilando como a mulher que se garantia como eu.

Sim. Esse cara pensaria duas vezes antes de se esfregar novamente em alguém no ônibus! Ah, se pensaria!

♥

Depois de comprar os materiais que eu precisava, segui direto para a loja. O dia seguiu como outro qualquer, as vendas estavam ótimas e a loja foi bem movimentada com meus clientes como sempre. A diferença aconteceu no embrulho incomum em meu estômago.

Eu não queria dizer, mas estava realmente ansiosa pelo jantar com Lorenzo. Apesar do seu interesse nítido, não sabia muito bem o que esperar e por isso me sentia como uma adolescente em seu primeiro encontro com um rapaz. Só que eu não era uma adolescente e esse estava longe de ser meu primeiro encontro.

Oh, Deus! Longe mesmo!

Apesar de não ser uma pessoa puritana, esse tipo de programa era definitivamente incomum para mim. Os caras que saía normalmente eram da comunidade ou das adjacentes, ou então frequentavam as festas e bailes que eu ia. Então sair para jantar com um homem realmente não era algo nada casual.

Como se não bastasse estar me sentindo como "uma virgem", não me ajudou em nada receber uma mensagem sua na hora do almoço.

"Ansioso para mais tarde.
Beijos, Lorenzo."

Admito, dei um gritinho quando terminei de ler a mensagem e fiz uma dancinha estranha, rebolando até o chão, o que fez com que minha vendedora se assustasse com meu rompante. Mesmo que ela já fosse acostumada com meu jeito "tipo Ava" de ser.

"Devo temer pelo jantar?
Porque já estou com medo do tamanho da conta do meu advogato.
Beijinhos, Ava."

Ok. Talvez eu não esteja inteiramente no meu normal!

A resposta não demorou, o que me trouxe um sorriso estúpido e irritante aos lábios.

"Temer pelo jantar? Não. Talvez pelo advogato.
Vou cobrar o beijo.
P.S.: Adorei o apelido! ;)"

Mordi os lábios cada vez mais ansiosa. Estava começando a estranhar meu comportamento e até mesmo as coisas que o poderoso Lorenzo Bernardi me fazia sentir. Eu definitivamente não estava acostumada a lidar com isso. E não sabia bem se queria me deixar dominar pelo que ele me provocava.

7
LORENZO

Dureza e todos os seus sinônimos era o que resumia a minha pessoa nas últimas 24h. Eu estava começando a acreditar que fizeram uma tentativa de me envenenar e colocaram um estoque sem fim de *Viagra* em algo que bebi, pois meu pau definitivamente não baixava, nem mesmo depois de tentar me aliviar.

Ou então a única explicação era que aquela bandida feiticeira de pau fez uma mandinga. Não era possível!

Desde o momento em que a deixei em sua casa, não consegui ficar um segundo sequer sem pensar sobre ela. Acho que até mesmo meus sonhos giraram em torno dessa bandida. Não me lembrava uma vez sequer de outra mulher me provocar isso, me fazer sentir como ela havia feito desde então. Exatamente porque nunca havia me sentido assim antes.

Era estranho. Eu mal a conhecia. Na verdade, nós mal nos falamos e estivemos juntos por pouquíssimo tempo, ainda assim eu já me via envolvido. Isso, definitivamente, era loucura. Tentei por diversas vezes dispersar meus pensamentos sobre ela, tentar me concentrar em meu trabalho ou até mesmo em qualquer outra coisa, mas parecia ser uma missão impossível desde que conheci a bandida da Ava.

Trabalhar em um escritório não tinha todo o glamour que as pessoas acreditavam. Às vezes, o trabalho podia ser bem mais pesado do que esperavam, principalmente quando tratamos de assuntos pesados com os quais lidava. Exatamente por isso concentração era uma coisa de suma importância e era, definitivamente, algo que não estava conseguindo ter, tudo isso por culpa dela.

Quando, enfim, consegui me concentrar no primeiro parágrafo do documento que tentava ler há mais de duas horas, minha porta se abriu de supetão e por ela passou um furacão gritando com a coitada da minha secretária, que era ignorada ao tentar impedi-la de entrar sem aviso.

Eu merecia!

— Olá, mamãe — cumprimentei-a, apesar da minha genitora não parecer nem um pouco cordial. Especialmente naquele momento, em que eu podia ver claramente um brilho assassino em seu olhar. Apesar de temer pelo meu bem-estar, virei-me para minha secretária para ter certeza de que ela estava bem, mas ela parecia estar não apenas com medo que eu a demitisse, mas também da figura que bufava ao seu lado.

Marta Bernardi era extremamente bonita, elegante, apesar de ter passado dos quarenta e de ser uma mulher pequena, não parecia ser alguém que levava desaforo para casa e não levava mesmo. Ela usava uma blusa de seda branca, saia preta de corte reto e seu pescoço e orelhas ostentavam cordão e brincos de ouro branco. Sua maquiagem estava, como sempre, impecável, apesar de discreta com blush e batom rosado.

Mas não podia me deixar enganar, apesar do seu tamanho, eu a conhecia muito bem para saber que, mesmo com sua aparência frágil, seu olhar era duro e analítico. Marta Bernardi era o maior exemplo daquele ditado que dizia: *Por trás de um grande homem, existe uma grande mulher.* E, apesar do sobrenome e do poder que vinha com ele, eu sabia que meu pai não seria metade do homem que era se não fosse por minha mãe.

— Desculpe, doutor Lorenzo. Eu tentei dizer para a Sra. Bernardi que o doutor pediu para não ser incomodado, mas ela não me deu ouvidos — minha secretária tentou se desculpar.

— Tudo bem. Pode deixar, Isa. Obrigado — disse, colocando minha caneta sobre a mesa e ela, que não era burra nem nada, tratou de dar o fora dali. Coisa que eu adoraria poder fazer também.

Os olhos castanhos como os meus me olhavam com determinação e mais do que isso: com raiva.

Sim. Eu estava bem ferrado!

— Tudo bem, mamãe? — me fiz de desentendido e levantei para cumprimentá-la com um beijo, que, decerto, não foi retribuído.

— Tudo bem? Você perguntou mesmo se está tudo bem? — sua pergunta foi feita com alguns decibéis acima do limite suportável.

Sim. Ferrado a seco!

— Mãe, desculpe. Ontem eu estava perto da loja de Angélica, quando um cliente me ligou precisando de mim com urgência — inventei uma mentira rapidamente.

Uma das coisas boas em ser advogado, era que aprendíamos a formular uma resposta ou até mesmo inventar histórias, com mais facilidade do que gozamos. Pensar rápido era praticamente um pré-requisito necessário para a profissão e, apesar de não ser mentiroso, eu não era um excelente advogado à toa.

— Jura? — Seu olhar pareceu me perfurar enquanto me analisava.

Sustentei meu olhar. Não poderia hesitar um segundo sequer, porque dona Marta era como um cão raivoso, capaz de sentir seu medo de longe e isso poderia ser fatal.

— Sim — me mantive firme.

Gol do Vasco. Vitória da Argentina. Lasanha com arroz e farinha. Sushi de palitinho. Sanduíche de mortadela. Pizza de atum e alho. Dormir de roupa apertando os ovos. O barbeador arrancando sua pele. Boquete com boca de aparelho, mentalizei as primeiras coisas ruins que consegui pensar, tentando, de alguma maneira, manter a seriedade.

O quê? Já disse que minha mãe era uma pessoa difícil!

— Tudo bem. Quero que ligue para a Angélica, se desculpe e marque um jantar com ela esta noite. — Sua exigência foi feita enquanto sentava-se na cadeira em frente a minha mesa, em uma nítida intenção de me esperar fazer o que foi ordenado.

Droga! O que eu diria agora?

— Desculpa, mãe. Posso até ligar e me desculpar com ela. Mas hoje não posso. — Achei melhor falar a verdade e não me comprometer com o que não poderia cumprir.

— Não pode? Ou não quer? — Seu tom voltou a subir.

Não queria também. Mas não precisava falar isso em voz alta. Caso fizesse, isso só faria com que essa situação já constrangedora, se tornasse ainda mais.

— Não posso — falei com cautela.

— Não pode por quê? Posso saber, Lorenzo Bernardi? — perguntou, desconfiada, e hesitei antes de finalmente responder:

— Porque tenho um jantar. — Seus olhos se arregalaram de modo surpreso. — E é um encontro — rapidamente completei.

A timidez atípica me dominou. E o olhar chocado diante da minha confissão só ajudou a piorar ainda mais a situação. Minha mãe era daquelas que intimidavam as pessoas e ainda que tivesse 1,90m de altura, naquele momento me vi pequeno diante seu olhar.

— Você está falando sério?

Meu Deus! Era tão difícil assim alguém acreditar nisso?

Ok. Não precisa responder. Já entendi.

— Estou, mãe. — Achei que me sentar seria seguro agora.

— Quem é ela?

Eu certamente preferia falar de sexo a falar sobre a mulher que eu sairia. Como eu poderia dizer se nem eu mesmo sabia quem Ava era?

Eu diria o quê? "Mãe, foi uma garota que conheci e tirei da cadeia!" Acho que não!

É. Ela me internaria, com certeza. Mas não sem antes me torturar com requintes de crueldade, do tipo acompanhá-la em suas compras ou nos chás das mulheres solteiras da sociedade. Na verdade, acho que ela me levaria para a igreja em busca de um exorcismo.

— Uma mulher que conheci há pouco. Você não deve conhecê-la. — Limpei a garganta e ela cerrou a sobrancelha, sem tirar os olhos de mim.

— Como assim não a conheço? Só me dizer qual a família que ela faz parte, que em cinco minutos terei sua árvore genealógica completa.

Eu não duvidava disso. Nem por um minuto.

— Mãe, por favor — gemi, enquanto cobria meu rosto com as mãos.

— Ok. Ok. — Ela levantou e veio até o fundo da minha cadeira, onde começou a fazer uma massagem em meus ombros como sabia que eu gostava e que conseguia fazer com que arrancasse as coisas de mim.

É. Eu nunca disse que minha mãe jogava limpo!

— Eu acho que você deve falar com Angélica que não poderá levá-la ao baile então. Não seja indelicado com a moça. — Continuou com sua massagem e revirei os olhos, antes de me tocar sobre o que me foi dito.

Eu levaria Ava para o baile? Essa seria uma boa ideia?

Na verdade, eu nem sequer havia pensado sobre isso. Não tinha tido nem tempo de pensar obviamente, não quando a única cabeça que vinha pensando desde então era a de baixo. Nem ao menos sabia se chegaríamos lá.

— Mãe, eu não convidei Angélica para ir ao baile comigo — fiz questão de lembrá-la.

— Sim, eu convidei porque não sabia que você já estava saindo com alguém. Não me culpe por isso. Não tenho culpa se você não conta nada da sua vida para sua pobre mãe. — Fez o seu drama, ao mesmo tempo que apertava um ponto dolorido do meu ombro, que me fez gemer de dor.

Pouco dramática não. Muito mesmo!

— Mãe, tudo bem. Vou ligar para a Angélica e me desculpar por ontem. Sobre o baile, ainda não sei se Ava irá...

No segundo em que seu nome saiu de minha boca, eu sabia que havia cometido um erro e por isso cortei o que diria a seguir. Meu erro se confirmou quando a massagem que fazia parou e minha cadeira virou me fazendo ficar de frente para ela, enquanto me olhava assustada.

— O nome dela é Ava? Ava de quê?

— Mãe! — bufei, mas ela apenas me ignorou.

— Qual o sobrenome dela? Ela não é da família Villa Rica, né? Porque eu me lembro de uma tal de Ava lá, que tem a cara daquela psicopata que matou os pais, aquela da família Von Richthofen! A menina, além de ter cara de psicopata, passou o rodo no condomínio que mora. Soube que quando ainda era adolescente, engravidou e não sabia nem mesmo quem era o pai, acredita? Foi um desgosto para família, que a mandou embora para a Europa e não sei se ela perdeu ou deu a criança. Todo dia abro as páginas policiais temendo encontrar alguma notícia sobre ela... — tagarelou de maneira dramática.

Meu Deus! Um infarto seria ótimo agora!

— Não quero nem pensar nos netos filhos de *Chuck* que essa psicopata daria à luz. Lorenzo Bernardi, se for ela a moça que está enrabichado, prefiro que você me mate logo, porque não aguentarei esse desgosto! — me deu o ultimato e eu tive que rir de tão ridícula que era essa situação.

— Mãe, para com isso! Não é ela — tornei a gargalhar e ela colocou a mão no peito, de modo teatral.

— Graças a Deus! Hoje à noite já ia ter uma conversa séria com o Santo Antônio, aquele que está virado de cabeça para baixo na geladeira há um bom tempo. Ia brigar feio com ele se me arranjasse uma nora como essa. — Suspirou, parecendo verdadeiramente aliviada, deixando-me de boca aberta.

— Mãe, não me diga que a senhora fez promessa para me fazer casar?! — questionei, chocado, e ela deu de ombros, ajeitando seu cabelo, como se não se desse conta do absurdo que falara.

— O quê? O Santo Antônio que comprei para representar você está de castigo há dez anos. Já constatei que ele está de sacanagem com a minha cara, porque depois de ter colocado ele de castigo por muito tempo e ter feito muitas promessas para seus irmãos casarem, ele resolveu dificultar para o meu lado. Mas hoje mesmo acenderei uma vela de 21 dias para ele e irei tirá-lo do castigo, além de cumprir as milhares de promessas que fiz, caso ele conseguisse o milagre do meu filho encalhado casar.

— Ei! Eu não estou encalhado! Não acredito que fez promessa para que eu me casasse, mãe! — reclamei, sentindo-me cada vez mais ofendido.

— Você vai me agradecer quando Santo Antônio te levar ao altar, meu filho — sua afirmação foi feita com um sorriso, enquanto batia carinhosamente em meu rosto, como se estivesse me dizendo a coisa mais normal do mundo.

É. Eu merecia essa cruz!

♥

Como se eu fosse um desocupado, minha mãe decidiu aterrorizar o resto da minha tarde, falando sobre o que deveria fazer, como agir no jantar, até mesmo o que tinha que vestir e comecei a acreditar que ela nunca mais fosse embora. Que até mesmo me acompanharia no meu encontro. Tive que pedir socorro para o meu irmão Benjamin através de mensagem e ele foi esperto o suficiente de me acudir com uma ligação da sua esposa, que, coitada, teve que ficar ouvindo por horas minha mãe falar sobre minha sobrinha que estava para nascer e esta me esqueceu.

Graças a Deus! Não estava mais aguentando! Estava para me enforcar com minha gravata!

A noite também parecia não chegar, por esse motivo me vi contando os segundos do ponteiro do relógio da sala e, quando o momento finalmente chegou, a ansiedade era tanta, que fui saindo do escritório deixando minha secretária falando sozinha e foi obrigada a me seguir até o elevador, quando finalmente a dispensei. Ela definitivamente não poderia lidar com a asiedade do meu pau, que estava cheio de expectativas para esse encontro. Mais do que ansioso, estava doido para chegar em casa e poder finalmente ir encontrá-la.

E as coisas só pioraram ainda mais quando me vi ouvindo a rádio e cantando a plenos pulmões com a Marrom e pensando naquela bandida ao som de *Você me vira a cabeça*[3].

"Você me vira a cabeça
Me tira do sério
Destrói os planos
Que um dia eu fiz pra mim
Me faz pensar
Porque que a vida é assim..."

Não apenas comecei a duvidar da minha sanidade, como também descobri que estava na merda. Até aí tudo bem. Quer dizer, eu ao menos achava estar. Mas no momento em que me vi mentalmente escolhendo a roupa que usaria, achei que o caso era realmente sério.

— Que porra é essa, Lorenzo? Você ansiar por uma boceta, tudo bem. Eu entendo. Mas ficar em dúvida do que deve vestir, e ainda por cima ao som de Alcione, já é coisa de viado, caralho! — bradei comigo mesmo, tentando devolver a masculinidade que havia perdido em algum momento desde que a conheci.

---

3 Você me vira a cabeça – Alcione

8

AVA

Quando a gente não sabe o que vestir, o melhor é optar por um pretinho básico. O clichê do "preto nunca sai de moda", é mais do que verdadeiro. Não dava para errar. Mas eu era Ava G. P. da Silva e não existia nada básico quando se tratava da minha pessoa. Por isso preferia chamar meu básico tomara que caia acima do joelho e fenda na lateral de *Pretinho Poder.* E no momento em que me vesti, quando vi minha imagem refletida no espelho, comecei a sambar ao mesmo tempo que cantarolava a canção com quase o mesmo nome:

"Quem prova desse brigadeiro quer se lambuzar
Eu juro vou tentar ficar no sapatinho
Mas o que posso fazer se é o poder do pretinho..."[4]

Pontualmente às oito, recebi uma mensagem dele avisando que havia chegado. Saí apressada, despedindo-me rapidamente de minha mãe, que me olhava com aquela cara de *"mãe que vai lhe dar aviso",* mas não lhe dei tempo para isso. Apenas saí tropeçando no meu salto estupidamente alto.

Abri a porta e dei de cara com Lorenzo encostado ao carro. E a imagem que tive merecia um pôster do tipo bombeiro. Só faltava que ele estivesse sem roupa para completar a imagem mental que se formou em minha cabeça e em outras partes que não precisava citar.

4 O Poder do Pretinho – Thiaguinho e Ivete Sangalo

Lorenzo usava um terno preto sem gravata, camisa branca e esse jeito de executivo meio desleixado, conseguiu deixá-lo ainda mais sexy. Não ajudava em nada o fato dele estar parado, com o paletó casualmente aberto e as mãos enfiadas nos bolsos da calça, que parecia apenas me chamar para pular sobre ele.

O quê? Era difícil não ter esses pensamentos ridículos e pervertidos quando se estava perto dele!

Com medo de mim, acabei diminuindo a velocidade dos meus passos, pois meus olhos nos seus castanhos pareciam me hipnotizar. A conexão que nos puxava um para o outro parecia ser, a cada passo, mais difícil de ignorar.

Ele parecia ainda mais impressionante do que eu me lembrava. Era um pecado ser tão lindo assim. Seus cabelos negros, brilhantes e o corte menos tradicional do que os homens como ele costumavam usar, pareciam revelar o jovem impulsivo que havia por trás do advogado durão que costumava ser na maior parte do tempo.

E o sorriso sexy em conjunto com o olhar malicioso que recebi, parecia apenas completar o pacote de homem que ele era. Era como colocar chantilly em um sorvete com calda quente de chocolate.

Julguem-me por babar!

— Pronta?

Para você, meu bem? Sempre!

— Sim — limitei-me a responder e ele sorriu, parecendo saber exatamente que tipo de pensamento se passara pela minha cabeça.

Como um cavalheiro, Lorenzo abriu a porta do carro para que eu entrasse. Eu, definitivamente, não estava acostumada a esse tipo de tratamento. Mas não pude deixar de sorrir e tentei controlar as batidas do meu coração que pareciam estar cada vez mais disparadas desde o momento que pus meus olhos sobre ele.

Enquanto dirigia em direção a não sei onde, era impossível não sentir sua presença. Lorenzo Bernardi tinha uma energia que parecia transbordar e estar dentro de um carro fechado com ele só fazia com que isso se ampliasse e irradiasse em minha pele. Era uma coisa louca. Uma força palpável e inexplicável. Um magnetismo sexual impossível de se evitar.

Minha respiração e batimentos cardíacos pareciam apenas se intensificar a cada segundo ao seu lado. Todo meu corpo parecia ciente dele ali, como se esperasse apenas uma ordem sua para atendê-lo.

É. Estava começando a achar que era submissa e não sabia!

A forma acelerada que meu corpo reagia a Lorenzo era diferente de tudo que já experimentei um dia. Seu corpo emanava desejo e calor, o que trazia à tona a vontade mais do que enlouquecida que eu tinha dele.

Deus! Eu preciso dar para esse homem, caso contrário, pressinto que nunca mais conseguirei gozar nessa vida!

Essa reação incontrolável que ele me causava, apenas parecia intensificar a cada minuto que passava. E como se já não fosse o bastante as reações que desencadeava em mim, o cheiro dele era realmente maravilhoso.

Ok, Deus! Isso estava ficando complicado!

Tentei não parecer uma acéfala enquanto ele puxava conversa ao mesmo tempo que dirigia a caminho do lugar onde jantaríamos e não sei se saí muito bem na tentativa. Felizmente não demorou muito e paramos diante de um restaurante que eu certamente trabalharia o ano todo para comprar apenas uma mísera água.

Obviamente eu não estava acostumada com esse tipo de lugar, mas tentei o meu máximo não parecer desconfortável com o que me esperava, pois certamente era o tipo de local que um homem como Lorenzo frequentava.

— Chegamos — avisou e apenas assenti, antes de olhar para ele tentando não ficar intimidada.

Tê-lo me observando não me ajudou em nada, pois Lorenzo me encarava com seus olhos castanhos profundos, de uma forma extremamente intensa e até mesmo hipnotizante.

— Eu não sei você, mas não vou conseguir esperar até o final do jantar para provar da sua boca. Preciso de um beijo — confessou em um sussurro rouco.

Ai. Meu. Deus.

Meu coração quase parou na boca, minha respiração ficou ligeiramente ofegante, enquanto sentia a boca seca diante suas palavras e olhar. Exatamente por isso me vi passando a língua pelos lábios ressecados, mas eu sabia muito bem que isso não resolveria, quando, na verdade, minha sede era outra.

Lorenzo inclinou a cabeça e se aproximou devagar, antes de finalmente encostar sua boca na minha. Seus lábios tocaram os meus com um misto de firmeza e doçura, deixando-me impressionada não apenas com a maneira como me beijava de forma tão díspar, como também pela maciez de seus lábios e com a pressão suave e precisa que eles exerciam.

Sua língua entrou na minha boca, tomando tudo, provando do meu gosto de forma longa e deliciosa. Com um homem lindo como Lorenzo, eu não deveria ficar surpresa pela sua habilidade, mas ainda assim fiquei. E, aqui para nós, amei isso. Seu beijo tinha não apenas confiança, mas também uma destreza tamanha, que me deixou morrendo de tesão.

Minhas mãos foram para o seu cabelo e logo me vi puxando-o, como se quisesse ter certeza de que sua boca tão logo não deixaria a minha. Lorenzo gemeu, aprofundando ainda mais o beijo, sua língua atacou a minha em movimentos lascivos e quase indecentes, apenas me fazendo ansiar por mais.

Lorenzo se afastou apenas o suficiente para me levantar e me colocar sentada sobre ele, fazendo com que as únicas coisas que nos separavam fossem nossas roupas; mesmo através dos tecidos, ainda assim era possível sentir cada parte dele e isso significava dizer que fui capaz de experimentar especificamente uma parte nada sutil sua, que começava a pressionar o meu centro. O que apenas fez com que despertasse a fera que eu nem sabia existir em mim.

Tudo bem, talvez soubesse, mas não de uma forma tão sem controle assim!

Beijava-o com uma fome até então desconhecida. Era como se eu fosse comê-lo vivo e ansiasse para que fizesse o mesmo. Estava seriamente assustada comigo mesma. Mal conseguia respirar enquanto me apertava contra ele. Meu centro estava sensível, pulsante e úmido; meus seios duros e pareciam cada vez mais pesados, enquanto tudo em mim parecia implorar por atenção, pelo seu toque.

Sua mão subiu pela minha coxa em uma carícia firme e possessiva, seu toque enviou ondas elétricas pelo meu corpo. No momento em que Lorenzo encontrou a lycra da minha calcinha, ele ofegou antes de se afastar um pouco para me olhar. Enquanto eu tentava recuperar o ar que havia perdido, ele desviou os olhos dos meus e puxou a saia do meu vestido para cima, como se estivesse louco para tirá-la.

— Caralho!

A forma como Lorenzo praguejou e, em seguida, emitiu um gemido grave pela garganta, não apenas reverberou pelo meu corpo, como também me arrepiou por inteira. Era como se o som primitivo que viera dele tivesse ligado um botão em mim, deixando-me em êxtase apenas pelo prazer de saber o que eu era capaz de provocar nele.

— Meu Deus! Eu não vou ser capaz de me controlar! — confessou em palavras, o que nós dois sentíamos.

Não se controle, meu bem! Por favor!

E ele não se controlou. Seus dedos logo pressionaram o ponto sensível sob a renda da minha calcinha, fazendo-me remexer, ansiando, precisando de muito mais dele. Necessitando do contato que eu tão desesperadamente desejava desde a primeira vez que o vi.

Sua boca atacou a minha novamente de forma abrupta, chegando a ferir meu lábio tamanho seu desespero. Seus beijos bebiam meus gemidos e eu estava quase no ponto de ruptura quando ele parou seus movimentos e encostou sua testa na minha, ao mesmo tempo que dizia:

— Merda!

Eu não consegui reagir, mal conseguia assimilar o que estava acontecendo ao meu redor. Estava ofegante, molhada, pronta e quase implorando para que ele continuasse com o que começou quando percebi que alguém batia na janela do carro.

— Merda! Não podiam esperar que eu gozasse? — Acabei deixando escapar minha frustração.

9
LORENZO

Frustrado era pouco para definir como me sentia com a súbita intromissão, do que eu estava começando a considerar o melhor momento da minha vida. Mas ainda que o sentimento de decepcão não fosse nem um pouco mascarado, foi impossível não gargalhar depois do que Ava falou.

Sabia, desde o momento em que a conheci, que ela não tinha papas na língua e eu gostava disso. Muito mesmo. Só que, embora tivesse externado apenas um sentimento mútuo, Ava agora parecia um pouco horrorizada por termos não só nossa privacidade interrompida, mas, principalmente, por ter dito em voz alta o que nós dois pensamos.

Ainda estava rindo quando ela voltou a se sentar apressadamente em seu banco, ajeitando meio sem jeito a saia do vestido, que naquele instante estava acima do umbigo, tentava de alguma maneira esconder sua timidez atípica.

Em uma tentativa de não deixá-la intimidada e até mesmo dar um tempo para que pensasse melhor no que estava acontecendo, ajeitei minha ereção dolorosa na calça e abri a janela o suficiente para falar para o *valete:*

— Já estamos indo. Só precisamos de um minuto para ela retocar a maquiagem — disse, antes de fechar a janela rapidamente.

Fechei os olhos e pressionei a cabeça no encosto do carro. Estava irritado por termos sido interrompidos, claro, mas soltei uma respiração e outra para tentar recuperar não apenas o ar que havia perdido, como também em uma tentativa de controlar meu pau, que parecia esquecer qualquer sensatez e estava prestes a romper o tecido do meu jeans.

Por mais que Ava fosse, nitidamente, diferente das mulheres que eu costumava me relacionar, sabia que deveria desacelerar um pouco. Havia ido com muita sede ao pote e estava receoso que isso pudesse assustá-la de alguma maneira, mesmo que soubesse que não fora planejado, que eu definitivamente não pude me controlar.

— Desculpe. Eu sabia que estávamos no meio do estacionamento e ainda assim não consegui me segurar. — Passei as mãos pelo cabelo, tentando controlar minha frustração, enquanto tentava me eximir do acontecido, mesmo que, no fundo, não me arrependesse. — Me desculpe.

— Tudo bem. Não é como se você tivesse feito tudo sozinho. — Ela sorriu, tentando esconder o leve rubor que havia se espalhado pelo seu rosto.

Tentei me recompor enquanto olhava para ela e foi impossível não notar que agora seus lábios estavam não mais vermelhos por causa do batom, mas sim por causa dos beijos nada sutis que havíamos trocado.

Meu Deus! Ela era tão linda!

— Isso foi rude — insisti, ainda que não conseguisse desviar meus olhos dos lábios que eu queria tão desesperadamente voltar a beijar.

— Não se desculpe. Eu gosto de rude. Rude é bom. — Sua resposta foi provocativa e eu gemi.

Cacete! Essa bandida queria me matar! Como me controlar assim?

Respirei fundo, porque sabia que o melhor era pararmos, ou então essa coisa entre nós não acabaria bem. Ou bem até demais.

Se controla, Lorenzo! Você ainda manda no seu pau!

— Acho melhor nos ajeitarmos e sairmos logo do carro. Senão não responderei por mim — avisei. — Ajeita logo essa saia, porque está ficando complicado para que eu continue a tentar ser nobre — adverti e foi quando ela caiu na gargalhada.

Enquanto Ava continuava a rir, ajeitei logo sua saia e a recoloquei no lugar, porque estava se tornando um teste de sanidade vê-la praticamente despida. Apesar de ter me privado de ver suas belas pernas torneadas, ainda assim era possível ver o contorno delicioso do seu corpo delineado e ela pareceu perceber que eu ainda estava um pouco fora do controle, pois decidiu me provocar.

— Você tem batom aqui.

Ava pegou em meu queixo e limpou o local em torno da minha

boca, fazendo-me engolir em seco.

Sério. Por que eu ficava assim completamente louco e hipnotizado por essa mulher?

— Você é linda — falei suavemente, mergulhando nos seus lindos olhos cor de mel, enquanto continuava a fazer um esforço hercúleo para manter-me quieto.

— Obrigada — ela disse e foi sua vez de engolir em seco.

Meu pau pulsava. Eu estava excitado, irritado e morrendo de vontade de mandar tudo à merda. Não que eu fosse santo, porque definitivamente não era, só que sempre me considerei um cara controlado. Nunca tinha perdido a cabeça dessa forma por uma mulher antes. Detestava perder o controle, mas, pelo visto, controle seria a última coisa que eu teria quando se tratava de Ava.

— Você é linda demais e estou tão louco para te foder, como sei que está para que eu faça. Desde que te vi pela primeira vez, você me deixou com tanto tesão, que chega a estar doendo. A minha vontade é de fazê-la esquecer do jantar e te levar para minha casa, aonde vou fodê-la de todas as formas e fazê-la gozar até pedir arrego por não aguentar mais.

Ok. Eu acho que agora fui um pouco sincero demais!

Sua boca se abriu em choque e acabei me arrependendo por ter sido tão direto, quando havia acabado de dizer para mim mesmo para desacelerar. Algo em mim teve até mesmo medo que tivesse sido demais para ela e isso a assustasse.

Qual era o meu problema?

— Desculpe, eu... — tentei me desculpar rapidamente, mas apenas me faltaram palavras.

— Uau! Você quase conseguiu fazer o impossível, que é me deixar sem palavras. De você não ser sincero eu definitivamente não posso reclamar. — Riu, apesar de parecer ainda um pouco chocada. — Mas também não posso negar que o que você disse é verdade e que eu também quero isso — completou e foi a minha vez de ficar sem jeito.

Tudo bem, Lorenzo, você ainda não perdeu essa, então é melhor segurar a língua e controlar o pau, para ela não sair correndo!

— Só vou retocar o batom e podemos ir. Afinal, foi justamente isso que você disse para o carinha que nos atrapalhou na hora "H". — Tudo foi dito com uma naturalidade que me espantou e, ao perceber meu embaraço, Ava piscou para mim, virando-se em seguida de frente para o banco e pegando um batom na sua bolsa para fazer justamente o que disse.

Porra, Lorenzo, acho que você está precisando de uma dose de álcool, caso contrário poderá prever que suas próximas palavras serão "Uga-uga, mim quer comer você"!

♥

— Então você mora só com sua mãe? — perguntei, enquanto o garçom terminava de servir nossas taças de vinho novamente.

Havíamos acabado nosso jantar e a verdade era que, por mais interessante que nosso momento estivesse sendo, eu não via a hora de sair dali. No entanto, depois do ocorrido no carro, eu estava tentando ser cavalheiro, apesar de estar mais para um cavalo mesmo.

Embora estivesse me esforçando para que as coisas transcorressem bem entre nós, minha curiosidade sobre sua vida era realmente genuína. Eu não me lembrava de ter tido uma noite tão agradável apenas conversando com uma mulher. Se é que já tive uma.

Falamos sobre nós e juro que não fiquei entediado um só segundo. Ava era incrível. E se fosse sincero comigo mesmo, estava adorando conhecê-la e, sim, isso me assustava sobremaneira.

— Sim. Apenas nós duas. Meu pai, na verdade, nunca foi um pai mesmo. Não tenho lembranças dele. Há muitos anos, não o vejo e nem mesmo falo com ele. No meu aniversário de quinze anos recebi uma boneca de presente, então daí você tira o quanto ele foi presente na minha vida. Costumo dizer que ele foi apenas o "feitor" na minha criação, que me registrou e por esse motivo me traumatizou — respondeu descontraída, antes de bebericar sua taça de vinho.

Fiquei hipnotizado observando-a degustar da bebida. Cada movimento dela me deixava com um tesão absurdo como havia feito durante toda noite, mas nada se comparava ao que a intensidade do seu olhar fazia comigo.

Limpei a garganta, tentando manter o foco, pois isso definitivamente estava se tornando cada vez mais difícil.

— Traumatizar? — perguntei, porque realmente estava intrigado e ela bufou.

Apesar de não conhecer muito de Ava, na verdade, conhecendo o pouco que ela própria havia me confidenciado aquela noite, eu podia sentir que o pai dela não era um assunto que a deixava muito confortável.

— Eu não falo sobre isso. Esse assunto é quase como um tabu para mim. Você teria que fazer mais do que me embebedar ou me torturar para que eu lhe diga mais do que já falei — provocou, deixando subentendido algo malicioso, mesmo que eu soubesse que sua intenção não era apenas essa, mas também me desviar das perguntas.

— Conheço mil formas de te torturar e tenho certeza de que você vai gostar de cada uma delas. — Entrei completamente em seu jogo e ela riu safada.

— Acredito que sim. Mas você precisaria realmente de muito para me persuadir — atiçou, fazendo-me sentir a garganta seca, o coração retumbar e meu pau pulsar de ansiedade.

— Isso é um desafio? Porque, acredite, eu não sou apenas ótimo em persuasão, mas sou melhor ainda quando se trata de um desafio. — Levantei a sobrancelha e esperei a próxima resposta provocativa que sabia que viria, adorando nossa brincadeirinha.

— Bom saber, doutor Lorenzo. Porque eu também adoro ganhar um desafio. Tenho um método único para "gozar" da minha vitória. — Ela lambeu os lábios e gemi, sentindo a pressão do meu pau pressionando a braguilha.

— Foda-se a sobremesa! Garçom, a conta! — pedi decidido e ela sorriu.

— Já não era sem tempo — ela disse, sabendo exatamente que havia ganhado essa.

Na verdade, eu não me importava em nada que ela me ganhasse!

10

LORENZO

Nunca um lugar demorou tanto para chegar. Durante o caminho para o meu prédio, tentei me portar como um ser humano racional e não como o Neandertal que naquele momento parecia habitar em mim, completamente louco, alucinado por uma boceta, precisando estar desesperadamente dentro dela.

Ava não facilitou em nada minha tarefa. Como se fosse dona de tudo e não precisasse da minha permissão, mudou o canal da rádio e não parou de mexer até que encontrasse uma música que a agradasse. Quando isso aconteceu, ficou se remexendo ao som da música que tocava e, enquanto rebolava sobre o banco, a única coisa que eu podia imaginar e querer era que ela rebolasse dessa maneira sobre mim.

Jesus! Eu parecia um adolescente virgem e punheteiro!

Quando estacionei na garagem, demorei apenas dois segundos para calcular que não aguentaria o tempo que duraria a viagem do elevador até o andar do meu apartamento, que ficava na cobertura. Não, era tempo demais. Já bastava o exercício de sobrevivência que vinha fazendo com meu pau duro por mais tempo que podia me lembrar. Exatamente por isso, que em um movimento rápido trouxe Ava novamente para o meu colo e beijei-a em seguida.

Sua boca tinha sabor de vinho e o gosto levemente adocicado da uva estava ainda mais delicioso do que me lembrava. O turbilhão de emoções que ela me causava se elevaram ao nível máximo, fazendo com que o desejo que eu sentia por ela se tornasse demais para ser contido. E eu? Não faria mais nada para tentar contê-lo. Longe de mim.

Suas mãos encontraram meus cabelos, agarrando-me com força, mantendo-me refém dela, coisa que eu já era há tempo, enquanto eu chupava sua língua. Ela gemeu e, porra, seu gemido era a coisa mais estupidamente deliciosa que já tinha escutado na vida, o que fez com que minha ereção já dolorosa, se tornasse insuportável.

Minhas mãos deslizaram por suas costas, sentindo a maciez da sua pele, ao mesmo tempo que a pressionava contra mim, o que fez Ava soltar um gemido nada sutil, enquanto sentia meu pau duro contra ela. Nosso beijo se tornou mais profundo e eu lambi e suguei sua boca, antes de morder de leve o mesmo local, depois voltando a acariciar sua língua com a minha.

— Você me enfeitiçou, sua bandida — afirmei, afastando-me apenas o mínimo possível dela, que apenas riu, antes de voltar a tomar minha boca com a sua.

Ava percorreu a mão sobre minha camisa, antes de malandramente desfazer os primeiros botões. Gemi quando senti sua mão passear pelo meu peitoral, como se quisesse contornar e memorizar cada parte minha. Embora seu toque fosse mais do que bem-vindo, naquele momento eu apenas pensava em não prolongar mais essa tortura. Ela teria tempo para memorizar cada parte minha depois e fazer o que quisesse, exatamente como eu pensava em fazer com ela.

Eu já me sentia intoxicado apenas com seu cheiro, misturado com o aroma almiscarado da sua excitação, não queria nem pensar em como seria quando estivesse dentro dela. Seus quadris subiram e desceram, esfregando-se contra meu pau duro, provocando-me ao ponto de ruptura. Desci minha boca pelo seu pescoço, embriagado pelo cheiro doce do seu perfume, sabor, que pareciam apenas me inebriar cada segundo mais.

Nossos gemidos e sons se misturavam, nossos corpos clamavam um pelo outro. Estávamos loucos para nos fundir em um só.

— Quero você. — A frase foi dita em um sussurro entrecortado, apenas mostrando que estava quase sem fôlego e tão necessitada quanto eu.

Depois disso, eu que já estava tão entregue, apenas deixei-a me guiar e fazer de nós dois o que quisesse. Sua mão afoita procurou a braguilha da minha calça, ao mesmo tempo que a outra abria o botão. Quando livrou meu pau de dentro da roupa, pegou-o firmemente com suas mãos macias, o que me fez gemer de maneira quase tortuosa.

Um misto de dor e prazer escapou da minha boca através de sons guturais, quando Ava apertou-o levemente, movendo em seguida sua mão para cima e para baixo, em uma masturbação quase dolorosa de tão maravilhosa. Eu não conseguia mais me conter, precisava senti-la também, por isso deslizei minha mão até encontrar a renda vermelha da sua calcinha, antes de beliscar suavemente o ponto duro e úmido.

— Quero você também. Quero provar aqui. Quero saber se sua bocetinha é tão doce e suculenta quanto sua boca — murmurei meu desejo, enquanto começava a mover meus dedos contra sua carne e logo tratei de acelerar meus movimentos quando a vi se contorcer ainda mais contra minha mão.

— Lorenzo...

— Quero te lamber, te chupar, te enlouquecer de uma forma que você nunca vai esquecer que minha boca te enlouqueceu — prometi.

— Nada te impede de fazer exatamente isso — ronronou, ao mesmo tempo que continuava a me masturbar habilidosamente.

Eu sabia que não dava mais para voltar atrás. Na verdade, nem queria, queria ir até o final e acabar com essa puta vontade, essa necessidade que estava nos matando. Por isso, enquanto a masturbava com uma mão; com a outra, eu tentava abrir o porta-luvas para pegar uma camisinha. Meu polegar logo tratou de deslizar para dentro da sua calcinha, mergulhando em seu canal apertado, sentindo seu desejo úmido.

— Você está tão molhada. Tão pronta — sussurrei, sem conseguir esconder o quanto isso me deixava satisfeito.

— Culpa sua — murmurou, rebolando ainda mais em meu dedo.

— Culpado. Com prazer. Muito prazer. — Enfiei o polegar ainda mais fundo nela, fazendo-a morder o lábio inferior, ao mesmo tempo que eu me contorcia pelo seu toque.

Depois de um trabalho gigantesco para fazer o que precisava, finalmente consegui encontrar o preservativo e quase com desespero abri a embalagem com os dentes, antes de me afastar apenas o suficiente para desenrolá-lo sobre meu pênis.

Ava parecia tão desesperada para me ter dentro dela, que mal esperou que eu terminasse de colocar a camisinha, antes de apoiar as mãos sobre meus ombros, em uma tentativa de equilíbrio. Quando se posicionou acima do meu pau, minhas mãos agarraram seus quadris e logo depois o som das nossas respirações se confundiram com o som de rasgo do tecido da sua calcinha que eu tão desesperadamente causei.

— Minha nossa! Eu sinto como se fosse explodir se não estiver dentro de você agora. — Externando o bem que me fazia com minha voz rouca, ergui meus quadris para poder abaixar um pouco mais a calça, para poder ter mais prazer de senti-la.

Assim que posicionei minha ereção em sua entrada, Ava gemeu e se remexeu, demonstrando sua ânsia e como se precisasse que eu a penetrasse o quanto antes. Ela podia não saber, mas eu precisava disso tanto quanto, ou ainda mais do que ela. Era como se eu sentisse que o vazio que havia tomado conta de mim desde que a vi só seria preenchido quando estivesse dentro dela.

Mordi os lábios e me posicionei, ajustando meu membro duro à sua entrada sedenta. O cheiro de tesão carregava o ar, fazendo dessa experiência ainda mais prazerosa.

— Caralho, Ava! — rosnei, ao mesmo tempo que a ouvia gemer.

Perdi meu fôlego enquanto ela se abaixava sobre mim, apertei suas coxas com minhas mãos, meus dentes mordiam meus próprios lábios, em uma tentativa patética de tentar me conter. O prazer de senti-la dessa forma tão deliciosa até mesmo me forçou a fechar os olhos. Eu sabia que seria bom, mas, definitivamente, não estava preparado para isso.

— Porra! Você é tão apertadinha! Tão gostosa! — Minhas palavras saíram abafadas, seguidas do seu som lamurioso de prazer, acrescentado ao seu toque delicioso de agonia.

A música na rádio dizia algo como: *"Você me olhou, foi tudo como mágica. Tá quase tudo feito, agora se encaixa..."*[5], mas naquele instante não consegui pensar na profundidade de suas palavras e nem queria, pois Ava desceu um pouco mais sobre mim, fazendo com que a penetrasse ainda mais profundamente. Resfoleguei, ainda mordendo meu lábio ao sentir meu órgão grosso alargando-a, fazendo com que o prazer se tornasse difícil de suportar.

Meus dedos voltaram a encontrá-la, massageei seu clitóris pulsante com movimentos circulares, lentos e precisos. Seu corpo se enrijeceu e ela se contorceu, o que me fez entrar ainda mais fundo nela.

— Meu Deus, Lorenzo! Estou quase... — avisou, entredentes.

Saber disso me excitou ainda mais. Nossos corpos transpiravam e o suor já escorria em nossa pele, enquanto nossos movimentos apenas se aceleravam. O ar parecia cada vez mais pesado ao nosso redor e os vidros do carro embaçados pelo ar quente que nossos corpos emanavam. Tudo isso tornava o que já era bom, ainda mais delicioso.

5 Como Mágica – Naldo & Lula

Ava estava tão molhada que deslizava facilmente pelo meu pau, envolvendo-me completamente em seu canal apertado. Grunhi, ao mesmo tempo que ela deixou escapar um grito abafado quando, por fim, a preenchi por completo. Estava tão fundo dentro dela, que mal conseguia suportar tamanho prazer.

Eu sabia que não era muito fácil de levar. Meu pau realmente tinha um tamanho avantajado e, apesar de saber que Ava era apertada, ela não parecia se importar com isso, porque a única coisa que podia ver em seu rosto, enquanto estremecia em torno de mim, era prazer.

Puta merda! Essa bandida era uma delícia!

De alguma maneira consegui abaixar um pouco o banco com a mão livre e logo depois agarrava seu quadril, fazendo com que Ava se inclinasse um pouco mais sobre mim. Isso apenas fez com que ela se abrisse ainda mais para o meu bel-prazer, fazendo tudo em mim entrar em ebulição. Cada vez mais sedento, tomei sua boca com a minha em um beijo quase imoral e ela correspondeu com avidez.

Ava cavalgava sobre mim com uma desenvoltura que faria inveja para qualquer Amazona, mexendo seus quadris, enlouquendo-me na medida perfeita. Nós dois estávamos em um ritmo, em uma sintonia que nunca vi igual outrora. E juro, que até mesmo podia sentir que ela estava prestes a gozar.

Meu instinto primitivo já havia assumido o controle há muito tempo e não havia mais nada que pudesse fazer além de me deixar levar pelo que ela me provocava. A única coisa que conseguia pensar era em como nós dois parecíamos nos completar. Nos encaixar. Em como nada mais parecia certo além do desejo de fodê-la, de possui-la, de fazê-la minha... Apenas minha. Isso me assustava, amedrontava sobremaneira. Mas essa necessidade feroz que sentia por ela era mais forte que qualquer coisa que experimentara e parecia apenas aumentar a cada estocada.

— Como isso é bom. Jesus... Jesus... — Suspirou, totalmente entregue, exatamente como me sentia.

O corpo de Ava enrijeceu, antes de estremecer sobre mim, ela estava cada vez mais prestes a gozar e dava para sentir isso pela vibração ao meu redor. Foi no momento em que cravou as unhas em minha nuca que seu orgasmo chegou, explodiu e observei com satisfação enquanto ela se desfazia diante de mim. Tive que me segurar para não gozar, enquanto seu corpo se contorcia e eu podia sentir cada pulsação de prazer que a dominava. E era não apenas a coisa mais deliciosa que experimentei, porém a mais bonita também.

Meu Deus! Eu estava virando um maldito poeta agora?

— Puta que pariu! Caralho! Merda! — urrei, batendo incansavelmente meus quadris contra os seus, não conseguindo mais me controlar.

Estava tão gostoso, que a sensação que eu tinha era de que estava sendo punido de uma forma dolorosamente deliciosa.

— Ava! — gozei, chamando seu nome, em meio a um som gutural e selvagem de prazer saindo da minha garganta, ao mesmo tempo que explodia dentro dela.

Espasmos de êxtase nunca experimentados antes irradiaram por todo meu corpo, fazendo-me estremecer, como se tudo ao meu redor não fizesse mais sentido. E parecia não fazer mesmo, a não ser ela. Ava não disse nada, apenas envolveu sua mão em meu rosto e sem dizer uma palavra voltou a me beijar.

Eu a beijei de volta. Nunca havia me sentido dessa maneira... Entregue. Completamente dominado e sem defesa... Como se mais nada importasse a não ser esse momento... A não ser nós dois...

Argh! Lá vem o fodido poeta de novo!

— Meu Deus! — ela ainda tentava se recuperar dos tremores pós-orgasmo quando disse isso.

— Eu sei — respondi apenas e Ava, de alguma forma, pareceu entender.

Não acredito que precisávamos de palavras. Nós dois sabíamos. Mesmo que não admitíssemos, sabíamos. Por isso me limitei a sorrir, sentindo-me feliz como nunca havia me sentido outrora e com uma única certeza:

Eu estava fodido com aquela bandida!

11
AVA

O momento não poderia ser mais perfeito. Ainda estava meio extasiada pela forma arrebatadora que Lorenzo fazia me sentir, mas decidi não pensar muito sobre as consequências e apenas aproveitaria. Só que, por mais que não fosse dessas meninas bobas que se envolviam rapidamente ou que pensavam mais do que deviam, acabei ficando nervosa enquanto pegávamos o elevador para o andar de Lorenzo, que não poderia ficar em outro lugar a não ser na cobertura.

Quando as portas se abriram, embora não entendesse nada dessas coisas, a arquitetura moderna, escura e imponente marcava o local. Mesmo suntuoso, seu lar era aconchegante. Era de se esperar que um homem como ele tivesse algo assim para chamar de seu, digno de capa de revista. Muito diferente da minha casa, que estava mais para revista de "Faça você mesmo sua gambiarra". E embora estivesse decidida a não pensar demais, era impossível não me indagar: Se éramos tão diferentes, de mundos tão opostos, por que eu estava ali?

Lá vinham esses meus pensamentos de novo... Apenas "come" e vai embora, Ava!

— Seu apartamento é lindo — fui sincera, mas não pude evitar que minha voz saísse mais baixa que o normal.

Eu realmente estava admirada. E também intimidada. Era um território novo para mim. Muito novo. Eu o conhecia há tão pouco tempo e já me sentia assim, dessa forma que não sabia explicar. Estava conhecendo uma parte dele, da vida dele, tendo um vislumbre da sua intimidade e, definitivamente, ainda não sabia como lidar com isso.

— Vem. Entra. — Lorenzo me puxou para dentro. — Quero que fique à vontade, que se sinta em casa. Afinal, você vai dormir aqui hoje.

Como sempre, quando se tratava dele, Lorenzo não perguntou, apenas afirmou. Só que, apesar de ficar feliz e aliviada em saber que ele queria que eu ficasse, também sabia das minhas responsabilidades e isso significava que não poderia dormir em sua casa, por mais tentada que estivesse.

— Não posso ficar — disse, e ele apenas negou com a cabeça.

— Não só pode, como vai — voltou a afirmar e tive que rir do seu jeito mandão. — Você não vai precisar de roupa hoje mesmo. — Puxando-me contra ele, seu olhar cheio de promessas me fez estremecer. — Amanhã de manhã passamos na sua casa para você se trocar e depois te levo para o trabalho. Prometo que não vai se arrepender. Só fica — seu pedido foi feito antes de receber um abraço forte e apoiar seu queixo em minha cabeça.

Sim, eu estava surpresa por ele querer isso. Mas estava ainda mais admirada por estar tentada a ficar. Eu nunca dormia fora de casa. Nunca. Ao menos não mais desde que minha mãe havia ficado doente e por causa disso tinha medo de me afastar e perdê-la. Era uma coisa boba, eu sabia, principalmente porque minha mãe estava bem de saúde, apesar das suas limitações, mas ainda assim não conseguia ficar longe. Não conseguia ter paz apenas em pensar em dormir fora. E para falar a verdade, ainda não tinha tido realmente vontade de fazer isso.

— Eu não posso — disse com pesar, ao mesmo tempo que enfiava minhas mãos sob sua roupa, eu apenas precisava sentir mais dele, queria sentir a maciez e o calor de suas costas musculosas. — Só vamos aproveitar um pouco mais, tudo bem?

Lorenzo quis resmungar, mas não disse nada. Apenas me carregou no colo, levando-me em direção ao que eu imaginava ser seu quarto. Não tive tempo de olhar nada, porque antes disso ele tinha sua boca na minha e logo me jogava sobre sua enorme cama, como se eu fosse uma toalha qualquer.

— Ai! Seu bruto! — Ri e ele fez uma carinha safada, antes de responder:

— Você mesma já me disse que gosta de bruto. Agora não tem mais como recuar.

Merda! Estava bem fodida... Ou melhor, esperava ser!

Lorenzo pareceu ler meus pensamentos, porque, enquanto começava a tirar seus sapatos, riu e logo em seguida arrancava o terno e a camisa. Eu havia ficado tantas noites pensando em como ele seria sem suas roupas, porque até mesmo vestido ele já fazia com que a gente pensasse nisso, mas vê-lo desnudo, apenas reafirmou a minha certeza do quanto iria me deliciar com o pecado em forma de homem.

Caralho! Morri e fui para o céu das meninas malvadas! Obrigada, Senhor!

Apenas a visão do corpo quase nu me deixou sem ar. Ele era lindo demais. Mas no momento que sua calça foi ao chão, achava mesmo que meus neurônios haviam se derretido e eu, com certeza, estava babando.

Ai. Meu. Deus!

Não havia nada que não fosse perfeito nele. Um corpo malhado e cheio de músculos. Uma barriga de tanquinho, com aquele "V" sexy que apontava para a pélvis e eu já sabia que poderia me levar ao paraíso em segundos.

— Pare de me olhar assim, como se fosse me comer, que desse jeito fico tímido. — Suas palavras inevitavelmente me fizeram rir.

— Tímido? Sei. Faz-me rir, Lorenzo! Para de brincadeira, que você não tem nada de tímido.

— Ok. Parei. — Voltou a ficar sério, com seu olhar ardente enquanto me encarava com malícia. — Chega de brincadeira mesmo, dona Ava. Você está vestida demais. Acho melhor tirar sua roupa, antes que eu rasgue seu lindo vestido. — Sua ordem foi dada de uma forma que me fez estremecer e foi impossível não obedecer, mesmo que estivesse rindo.

Claro que sim! O que ele não me pedia mandando, que eu não fazia gemendo?

— Por que você é tão mandão, hein? — reclamei ao ficar apenas com minha lingerie, embora não estivesse realmente nem um pouco preocupada ou ofendida por isso.

— Porque gosto das coisas do jeito que quero e você vai aprender isso.

Lorenzo não esperou que eu retrucasse e, decerto, não faria isso, porque, se antes já era difícil, agora se tornara praticamente impossível para conseguir raciocinar com ele vindo em minha direção.

— Você é linda, Ava. Muito linda. Perfeita demais. Parece que nasceu para foder com meu juízo! — Sua boca tomou a minha assim que terminou de falar.

Lorenzo parecia ansioso por mais e fiquei feliz por isso. Suas mãos deslizaram pelo meu corpo, antes de se afastar e descer os lábios pelo meu pescoço, beijando o ponto sensível ali, mordiscando e lambendo, fazendo-me gemer. Sua mão encontrou o fecho do meu sutiã, e com uma habilidade impressionante conseguiu libertar meus seios, que saltaram livres para seu bel-prazer. Ou o meu.

Deitando-me sobre seus lençóis, ele apertou meus seios com as mãos, beliscando os bicos entumescidos, causando um pouco de dor, mas na medida exata para proporcionar prazer. Eu ainda estava gemendo quando um mamilo foi para sua boca, sendo chupado com gosto, deixando-me ainda mais enlouquecida.

Meu clitóris pulsou e ele pareceu sentir, pois sua mão encontrou o caminho até o meio das minhas pernas, onde terminou de rasgar minha calcinha quase destruída, massageando meu clitóris com movimentos circulares. Um dedo deslizou para dentro de mim e gemendo, Lorenzo voltou a beijar a minha boca, ao mesmo tempo que continuava sua magia com os dedos, deixando-me a ponto de gritar de prazer.

Sua boca tornou a encontrar o outro mamilo, fazendo o mesmo ritual que havia feito no outro, dando-lhe a mesma atenção e me deixando igualmente louca. Encontrava-me no ponto de ruptura. Lorenzo parecia saber me levar como ninguém havia feito antes, fazendo-me sentir de uma forma que achei não ser possível.

— Isso, Ava. Geme para mim. Geme. Tão linda. Tão deliciosa. Molhada, pronta para mim. Deixa vir, minha gostosa. Deixa vir e goza para mim que quero ouvir.

O pedido foi feito com uma voz rouca em meu ouvido, tornando impossível me controlar depois disso e o resultado foi me ver gozando em sua mão de forma quase vergonhosa.

Nunca havia me sentido tão entregue a alguém e tão sensível a ponto de gozar com apenas um pouco mais do que um comando. Era como se ele conhecesse o meu corpo. Como se soubesse o que tinha que ser feito para me ver tão... entregue.

— Lorenzo...

Interrompi o que diria quando o vi fechar os olhos e gemer ao colocar em sua boca o dedo que outrora estava em mim. Ainda queria dizer algo. Queria muito, mas não sabia o que e nem mesmo conseguia pensar em qualquer coisa a não ser no quanto precisava de mais dele naquele momento. E ele curiosamente parecia se sentir da mesma maneira.

Lorenzo me beijou profundamente, passando a língua pela minha boca bem à sua maneira pecaminosa.

— Estou louco para desfrutar do seu corpinho delicioso — o sussurro em minha orelha, arrepiou-me inteira, antes de descer sua boca, passeando com ela pelo meu rosto e pescoço.

— Desfrute. — Não consegui controlar o desejo em minha voz enquanto falava e ele pareceu satisfeito com meu pedido, pois, circulando meu mamilo com a ponta da língua, murmurou:

— Eu vou. E você também.

Eu tinha certeza disso!

Descendo sua boca pelo meu corpo, sua mão voltou a acariciar meus seios e empurrei meus quadris contra os seus, esfregando-me desavergonhadamente nele. Lorenzo estava tão rígido, que nem mesmo a cueca parecia esconder o quanto seu membro estava duro e pronto para mim.

— Fique quietinha. Tão impaciente. — Bufei pelo seu tom de brincadeira.

Estava mesmo impaciente demais, querendo desesperadamente mais dele. Precisava de mais. Mas ainda que Lorenzo tentasse parecer sob controle, eu sabia que ele também estava no seu limite, pois era cientificamente impossível que não nos sentíssemos da mesma forma.

— Tão mandão! — Minha provocação o fez rir, o som da sua garganta saiu ainda mais rouco por causa do tesão que eu sabia estar sentindo.

— Acho que você já entendeu quem manda aqui.

Não contestei. Nesse momento ele poderia dizer e fazer o que quisesse comigo mesmo, então não adiantava tentar falar que estava errado. Mordendo e lambendo meu mamilo, ele brincou com ele entre os dentes, apertando-o, causando-me uma leve pontada de dor que me fez arquear as costas e gemer alto.

Gemi novamente quando sua língua quente passou no mesmo local que mordeu e foi descendo sua boca pelo meu corpo, marcando cada pedaço meu de pele por onde passava. Porém quando sua língua circundou meu umbigo, respirei fundo ansiando pelo que estava por vir.

No instante em que mergulhou no meio das minhas pernas um gemido me escapou, mas meu som não foi o único que reverberou pelo quarto, mas o de Lorenzo também. Sua língua abriu com maestria o caminho para dentro de mim, lambendo e brincando com cada parte que podia ser capaz de me desestruturar. E esse caminho parecia ser o único possível dali em diante.

Meus quadris se remexiam contra ele, meu corpo implorava silenciosamente por mais e os gemidos que me arrancava apenas confirmavam. O prazer que ele me proporcionava era tão grande, que até mesmo tive vontade de chorar.

— Lorenzo! — Não reconheci minha própria voz quando seu nome saiu dos meus lábios.

— Meu Deus, Ava! Como queria me fartar dessa sua boceta suculenta desde o momento que te vi.

Seus dentes morderam levemente meu clitóris e um novo grito de susto e de prazer me escapou.

— Mas a realidade é que você é muito mais deliciosa do que poderia imaginar. Já estou viciado no seu sabor. — Voltou ao ataque incessante de sua língua contra mim e não conseguia mais me controlar.

O prazer vinha em ondas em meu ventre. O toque aveludado de sua língua contra meu clitóris duro e inchado, alternado com leves sucções e lambidas, me deixava perto de alcançar o êxtase e foi exatamente isso que aconteceu.

Todo meu corpo estremeceu quando o orgasmo rasgou-me por inteiro, causando espasmos violentos, deixando-me completamente fora de órbita. Sua língua continuou seu trabalho, entrando e saindo do meu sexo, parecendo querer extrair ainda mais de mim.

Em meio às minhas convulsões, podia distinguir seus gemidos rústicos enquanto sua língua brincava comigo, fazendo com que reverberassem no meu ponto sensível, ampliando ainda mais o clímax, que parecia simplesmente sem fim.

Eu não sabia dizer em que momento isso aconteceu, mas o prazer foi tão forte, que lágrimas começaram a escorrer pelo meu rosto, parecendo romper não apenas as barreiras que eu mantinha em torno de mim, como também me fazendo enxergar que talvez não fosse uma boa ideia que estivesse tão entregue assim. Foi quando eu soube que estava encrencada, pois já havia perdido meu precioso controle.

Ainda estava entorpecida, quando ouvi Lorenzo rasgar o que eu imaginava ser uma embalagem de camisinha. Obriguei-me a tentar reagir um pouco ao meu redor, levantando-me pelos cotovelos na cama, e foi o máximo que conseguia, pois parecia que meus membros não reagiam ao meu próprio comando. Mas ainda assim consegui vê-lo revestir seu pau longo e grosso com o preservativo.

— Eu acho bom a senhora ficar quietinha e não pensar em fugir, porque ainda não acabei com você.

Oh, Senhor! Como era possível ele saber o que havia pensado? E ok. Eu não queria lhe confessar, mas não achava possível conseguir andar mais com minhas próprias pernas!

O colchão afundou com seu peso e ele logo deitou-se sobre mim, prendendo-me, dominando-me de uma forma que achei que não fosse ser possível. Os olhos castanhos pareciam ainda mais escuros do que já eram, mas estavam vidrados, a promessa de luxúria e muito mais do que eu gostaria de entender nesse momento refletida neles.

— Vem. Me fode! — incitei, sem desviar meus olhos dos seus e ele gemeu.

— Ava! — meu nome saiu em um tom de advertência.

Foi quando tive a certeza de que Lorenzo não costumava perder o controle tão facilmente e de uma forma estranha, fiquei satisfeita em saber que eu era a pessoa que estava tornando possível isso acontecer. E por isso decidi levá-lo ainda mais ao limite.

— Vem, Lorenzo. Agora — ele não respondeu minha ordem com palavras, apenas entrou em mim de uma só vez, em uma estocada furiosa e quase punitiva.

Um grito me escapou, ao mesmo tempo que podia sentir todo meu ar se esvair. Lorenzo era enorme e se não tivesse me preparado para ele antes, decerto estaria toda rasgada, mas a única coisa que ele conseguiu tirar de mim foi prazer.

E parecia querer tirar mais e mais, enquanto entrava e saía bem fundo em mim. Fundo de uma forma que ninguém parecia ter ido antes. Tão longe como achei não ser possível. A ligação que tínhamos era tão absurdamente intensa, que novamente as lágrimas me vieram aos olhos.

Lorenzo sentia o mesmo. Eu sabia que sim. Por isso apertei seu membro, deliciando-me com o prazer que era a sensação de tê-lo dentro de mim, preenchendo-me de uma forma única. Seus quadris investiam contra mim sem cessar, me fodendo com força, afundando-me no colchão com suas estocadas violentas e cada vez mais ferozes. O prazer percorria todo meu corpo, apenas se intensificando a cada ataque contra mim.

— Meu Deus! Você é tão gostosa, Ava! Nunca me vi tão duro. Nunca fui tão fundo e me vi tão louco para me perder em alguém, como me sinto com você — sua confissão foi feita em meio a gemidos graves e quase primitivos.

Eu não conseguia responder. Na verdade, naquele momento, eu nem mesmo saberia como formar palavras. A sensação era demais para suportar. E não ajudou em nada o fato de Lorenzo enterrar a cabeça em meu pescoço, chupando-o, metendo cada vez mais forte e mais rápido, ao mesmo tempo que murmurava safadezas em meu ouvido, me deixando cada vez mais louca e fora de mim.

O êxtase se formou de uma forma quase explosiva, fazendo todo meu corpo se enrijecer e se contorcer em torno dele enquanto eu gozava. Lorenzo xingou antes de aumentar o ritmo das suas estocadas, fazendo com que seu pau entrasse mais fundo do que achei ser possível ir, e tocou exatamente onde eu precisava que chegasse.

— Venha para mim, Ava. Agora! — exigiu, de uma forma quase áspera.

Novamente o gozo chegou e veio de um jeito que não imaginava ser possível. Gritei seu nome ensandecida, não me importando com nada mais do que a sensação que ele me causava. Lorenzo jogou a cabeça para trás, estremecendo longamente, e parecendo apreciar o aperto e tudo que lhe proporcionava, ao mesmo tempo que urrava enquanto gozava, antes de desabar sobre mim.

Sua respiração, assim como a minha, estava descontrolada, como as batidas dos nossos corações, enquanto beijava meu queixo, mordiscando meu pescoço, antes de alcançar minha boca e me beijar profundamente.

E enquanto Lorenzo me beijava, de alguma forma eu sabia que não fui a única que havia quebrado algumas barreiras naquela noite.

12
AVA

Depois de tudo que fizemos, foi inevitável não me sentir cansada e mais difícil ainda que não caísse no sono. Embora tudo que eu quisesse era poder desfrutar de um descanso em seus braços, meu subconsciente me despertou um tempo depois, onde me vi enrolada pelo corpo pesado e nu de Lorenzo.

Não queria, mas tinha que ir embora. Tentei me livrar do seu aperto sem acordá-lo e com cuidado consegui. Aparentemente Lorenzo tinha um sono pesado e naquele momento agradeci por isso, pois, pelo pouco que o conheci, sabia que ele não ficaria satisfeito em saber que estava indo.

Apesar do clima gostoso do quarto, meu corpo estava meio grudento de suor, então fui direto para o banheiro me refrescar. Se eu não estivesse tão necessitada de um banho, teria desistido, porque o chuveiro do seu banheiro luxuoso parecia poder me morder. Existiam tantos botões, tantas saídas de água na parede, que me senti em uma nave espacial e quase não consegui fazer com que a água caísse sobre mim.

O que havia de errado com um simples chuveiro?

Me banhei rapidamente e peguei uma toalha que existia ali. Enquanto catava minha roupa do chão do quarto, olhei para a cama e sorri quando vi que Lorenzo ainda dormia profundamente.

Nem acreditava que estava mesmo me tornando uma dessas mulheres que costumava odiar, que se derretiam completamente por um cara.

Achava isso tão bobo, mas enquanto olhava-o dormindo, assim como acordado, era quase impossível encontrar algum defeito. Tudo nele me parece perfeito. E talvez aquilo fosse um grande problema para mim.

O homem era tão lindo e gostoso, que mesmo que estivesse dolorida em certos lugares, a minha vontade mesmo fora de retornar para cama e acordá-lo para recomeçarmos tudo. Mas eu não podia. Por isso me conformei com o fato de ter de ir e voltei a procurar minhas coisas pelo seu quarto.

Minha calcinha estava destruída, então ele não se importaria que eu pegasse sua boxer, né?

Não ficaria ali para lhe perguntar isso. Terminei de me vestir e, sem tirar os olhos dele, pensei em fazer algo antes de ir. Corri até a sala, onde minha bolsa estava e voltei para o banheiro, onde escrevi um recado para ele com meu batom:

"Tive que ir. Obrigada pelo jantar e pela sobremesa. ;)
Beijos.
Ava."

Eu não sabia o que escrever. A verdade, era que não sabia nem mesmo como agir a partir dali. Era uma situação nova para mim. Tudo com Lorenzo era novo. Mas ainda mais preocupante era a minha vontade de ficar. Não me arrependia de nada que aconteceu e nem podia. Pelo menos, não agora.

♥

Pedi um táxi na portaria do prédio dele. Ainda era madrugada e não me importei de ver o julgamento nos olhos de um ou outro morador que passou ali, certamente fazendo um pré-julgamento sobre a minha pessoa. Eu não ligava. Nunca liguei realmente. Não seria agora que estava na zona rica da cidade que me importaria com preconceitos.

Cheguei em casa por volta das duas da manhã e entrei devagarzinho, para não fazer barulho e acordar minha mãe. Como todas as vezes que vinha nos visitar, por não termos quartos sobrando, minha tia dormia no meu e eu não me importava em ter de dormir no sofá da sala, mesmo que não fosse o mais confortável deles.

— Você demorou. — A voz da minha mãe me assustou através da escuridão.

— Ai, mãe. Que susto! — Com a mão no peito, que batia descontrolado, a vi ligar a luz.

— Desculpe. Não queria te assustar. — Aproximando-se de mim, ela me olhava parecendo aborrecida. O que, mais uma vez, não entendia.

— Por que a senhora está acordada até agora? — resolvi responder com uma pergunta, enquanto tirava meus sapatos.

— Não conseguia dormir. Estava preocupada com você.

Eu sabia que ela estava sendo sincera. Minha mãe sempre foi o tipo cuidadosa e preocupada, mas também estava acostumada às minhas saídas noturnas, que normalmente duravam até o sol raiar. E como conhecia as pessoas que frequentavam os lugares que eu ia, não esquentava tanto por isso. Há muito tempo que não ficava mais acordada me esperando, especialmente porque seus remédios não deixavam que permanecesse desperta.

— Preocupada por que, *mamis*? A senhora sabe que sei me virar.

Ela suspirou pela minha resposta.

— Apenas preocupada. Você saiu com uma pessoa que não conhecemos e não me julgue por me preocupar com minha única filha. — Sua voz se alterou um pouco e me assustei com seu rompante.

Minha mãe nunca levantava a voz para mim. Nunca.

— Mãe, o que aconteceu para a senhora estar agindo assim? Eu não estou entendendo realmente — admiti.

Ela engoliu em seco, antes de responder:

— Eu apenas não confio nele. Lorenzo vive em um mundo diferente do nosso. Homens como ele só querem brincar com mulheres como você. Acho que você deveria se afastar dele, antes que seja tarde demais, Ava.

Mas o quê?

— Mãe...

— Vá dormir, Ava. Amanhã você trabalha cedo — cortou qualquer pergunta que eu faria, antes de dar as costas para mim e seguir direto para o seu quarto como se não tivesse dito nada que pudesse me magoar.

Eu estava chocada. Não havia entendido o que ela queria dizer com aquilo. Nem mesmo por quê. Não havia entendido nada, na verdade. Logo ela que sempre me ensinou que não deveria julgar ninguém pela capa, estava me dizendo tudo aquilo? Por que o fato de me envolver com Lorenzo parecia ser tão ruim para ela? Por que parecia tão estranha?

Eram tantas perguntas que me fazia e eu não tinha nenhuma resposta para elas. Já bastava o turbilhão que se formara dentro de mim em relação aos sentimentos que eu sabia estar começando a nutrir por Lorenzo. Sabia muito bem que éramos de mundos diferentes, mas isso não justificava sua atitude. Eu apenas não sabia o que pensar. Como agir de agora em diante.

Minha mãe parecia estar escondendo alguma coisa de mim e eu iria descobrir o que era.

♥

Mal havia pregado os olhos depois que deitei no sofá, porque minhas dúvidas eram maiores do que qualquer coisa. Meu despertador tocou e, pela primeira vez que me lembrava, não o taquei na parede e me levantei sem esperar que um novo alarme soasse.

As coisas estavam definitivamente estranhas. Me sentia diferente, ansiosa até. Tomei um banho rapidamente e, como todos os dias, me vesti para o trabalho, mas quando cheguei à cozinha minha mãe já estava preparando o café.

— Bom dia, *mamis* — fiz questão de cumprimentá-la como sempre fazia.

— Bom dia, Ava. — Ela nem mesmo se deu ao trabalho de virar para mim enquanto respondia.

É. Ela definitivamente ainda estava chateada!

— Deixa que eu faço isso — falei, quando vi que estava prestes a coar o café.

— Não. Pode deixar que eu faço. Não sou nenhuma inválida.

O tom de voz magoado dela me chocou mais do que o que foi dito. Novamente me vi embasbacada. Definitivamente, essa situação estava mexendo com minha mãe mais do que ela queria me dizer.

— Nunca disse que era, mãe. — Tentei conter minhas lágrimas. — Eu só quero ajudar, porque normalmente sou eu quem faço o café. Desculpe se entendeu errado.

— Estou cansada de você me tratar como uma inválida, Ava! Acho que está mais do que na hora de deixar que eu me vire, afinal de contas daqui a pouco você pode não estar mais aqui para "cuidar" da sua mãe doente. — O sarcasmo escorria em sua voz, bem como o desapontamento, o que deixou-me de boca aberta.

Dessa vez, não pude mais controlar minhas lágrimas. Eu não estava entendendo porque ela estava agindo assim e nem mesmo porque achava que eu não viveria muito mais tempo com ela. Não havia motivos para que pensasse assim, até porque eu tinha feito uma promessa para mim mesma que nunca a deixaria.

— Mãe, por que a senhora está dizendo isso tudo? Por que está falando esses absurdos? — perguntei, limpando minhas lágrimas; e ela riu, sem humor algum.

— Porque é isso que vai acontecer, Ava. Tome seu café e vá trabalhar. Bom dia para você. — Dando as costas para mim, ela simplesmente me deixou ali.

Pensei em retrucar, em ir atrás dela para tentar entender tudo isso, mas temia que se a estressasse demais, acontecesse alguma coisa. E se isso acontecesse, eu não me perdoaria. Jamais. Por isso guardei minhas emoções, tentando me fazer de forte como precisava ser. Terminei de fazer o café e depois de deixar tudo pronto, saí de casa para o trabalho.

Mesmo com tantas coisas ditas e não ditas, tinha que cumprir com minhas obrigações. Embora, no fundo, tudo que eu quisesse era ter um tempo para colocar minha cabeça no lugar. O que decerto seria um luxo para mim, que tinha que pegar dois ônibus para chegar ao meu trabalho.

Achei que meu dia só pioraria, mas assim que pisei meus pés na rua, dei de cara com o Marcelo.

— Bom dia, Ava. — Seu sorriso era genuíno, ao contrário do meu amarelo em resposta.

— Bom dia, Marcelo. — Voltei a andar antes de cumprimentá-lo, achei por bem ir logo.

— Está tudo bem? Você está com uma cara. — Ele pareceu realmente preocupado, enquanto me seguia andando.

— Está sim. Só briguei com minha mãe — admiti, sem parar para olhá-lo enquanto lhe respondia.

— Não quer uma carona? Aí poderemos falar sobre isso — ofereceu e parei, enquanto pensava duas vezes antes de aceitar.

— Tudo bem. A carona eu aceito. Mas não quero falar sobre isso agora — apontei e ele concordou.

— Certo. Vamos comigo. Meu carro está bem ali. — Segui-o, agradecendo ao menos que não teria um ônibus lotado para enfrentar.

♥

Eu era uma pessoa muito transparente. Apesar do meu jeito para frente, não costumava ser fácil esconder quando estava uma porcaria.

Marcelo me conhecia bem demais, mas, embora estivesse precisando desabafar, permaneci calada o resto do caminho. Eu, definitivamente, estava de um jeito que nunca me vi antes... Confusa.

Não me ajudou em nada o fato de não ter tido nenhum sinal de vida de Lorenzo desde a noite anterior. No fundo, eu esperava que ele me ligasse para falar sobre o fato de ter saído sem avisar, mas nem para brigar comigo ele fez isso. Nem mesmo uma mensagem.

Não queria pensar assim, mas talvez minha mãe estivesse certa afinal. Poderia ser um erro me envolver com Lorenzo e na sua vida, que parecia ser tão maravilhosa, perfeita e planejada. Embora tivesse um aperto doloroso em meu peito por tal pensamento, eu também não poderia cobrar nada com base em apenas uma noite, mesmo que essa noite tenha sido a melhor que já vivi.

Meu telefone tocou e meu coração bateu disparado enquanto o aparelho vibrava em minha mão. Por um segundo tive a esperança de que fosse Lorenzo, mas quando vi o número desconhecido na tela toda minha esperança se esvaiu.

— Alô — atendi, sem fazer ideia de quem poderia ser.

— *Alô. Senhorita, Ava?* — A voz feminina e educada do outro lado da linha falou.

— Sim. É ela, quem fala? — perguntei, de fato curiosa.

— *Aqui é Isa, sou secretária do doutor Lorenzo, ele tem um recado para a senhorita.*

O ritmo acelerado do meu coração, com a menção de seu nome, foi rapidamente substituído pela frustração.

Recado? Por que ele mesmo não me ligou?

— Ok. Pode me passar o recado do seu patrão. — O sarcasmo escorreu em minha voz, quando começava a sentir algo parecido com raiva.

— *O doutor Lorenzo pediu para que comparecesse ao seu escritório, às treze horas, para discutirem seu processo. Pois hoje, às quinze horas, o delegado responsável pelo caso pediu que ambos comparecessem a delegacia munidos de documentos.*

Cuma? Ele iria me tratar como se fosse uma cliente qualquer depois de tudo?

— Tudo bem. Diga ao seu *patrão* que estarei aí no horário combinado — tentei não soar tão chateada como me sentia, mas não achava possível estar fazendo um bom trabalho.

— *Tudo bem. Vou passar o endereço por mensagem. Até mais tarde, senhorita Ava* — falou um pouco sem jeito, antes de nos despedirmos e ela desligar.

É. Pelo visto, minha mãe tinha razão!

♥

Depois da ligação da secretária de Lorenzo, não prestei para mais nada. Aproveitei minha inutilidade para ir até em casa pegar os documentos que ele havia me pedido que levasse e cheguei esperando mais um embate com a minha mãe, mas me surpreendi em saber pela vizinha que ela havia saído com minha tia para dar um passeio.

Eu estava com tantos problemas e essa situação com minha mãe estava definitivamente acabando comigo. Precisávamos conversar, eu sabia. Eu precisava entender o que estava acontecendo e uma parte minha estava receosa pelo motivo que havia por trás de toda essa animosidade.

O lugar que eu tinha que ir era longe da minha casa, por isso não demorei muito e peguei um ônibus para não me atrasar. Pela primeira vez, naquele dia, parecia ter tido sorte depois da carona de Marcelo, pois acabei indo o caminho todo sentada.

A última coisa que eu queria era ser encoxada estressada do jeito que estava! Com certeza, não perdoaria quem fizesse isso!

O prédio em que ficava o escritório de Lorenzo parecia um arranha-céu espelhado, que chegava a ser intimidador de tão grande que era. Passei pelas portas de vidro e, sem saber para onde seguir, fui em direção à recepção.

— Boa tarde, posso ajudá-la? — a pergunta foi feita por uma moça loira de voz enjoada, que usava um microfone fino na boca e *headfone* no ouvido, mas não sem antes me olhar dos pés à cabeça, de uma maneira não muito agradável e decidi ignorar para meu próprio bem.

— Boa tarde. Eu gostaria de ir até o escritório do doutor Lorenzo, poderia me explicar como chegar lá? — Um risinho maldoso lhe escapou quando fiz minha pergunta, antes de voltar a me olhar de cima a baixo.

— Sinto muito. Mas o doutor Lorenzo não está contratando. E mesmo se estivesse, não creio que uma pessoa do seu tipo se adequasse a qualquer função que ele precisasse.

Como é que é?

— O que você disse? — tive que perguntar, porque, definitivamente, não queria acreditar que ela havia tido tamanha ousadia.

— Fui gentil em dizer que você é uma favelada e que não é bem-vinda aqui. Já que deixamos isso claro, pode se retirar agora. Ou prefere que eu chame o segurança?

Definitivamente, não podia crer naquilo. Havia sido condescendente demais. Não deixaria isso para lá dessa vez. Desci da cruz, calcei meus cascos e preparei meu lombo para lhe dar um coice e rodar a baiana. Diria-lhe poucas e boas, quando a voz grossa e poderosa de Lorenzo interrompeu meu momento equino ao perguntar:

— O que está acontecendo aqui?

— Doutor Lorenzo, estou apenas dispensando essa senhorita e a colocando em seu lugar — a nojenta respondeu, com uma superioridade que definitivamente não existia.

— E por que motivo você dispensaria a minha cliente, posso saber? — Sua voz soou perigosa quando perguntou e eu sorri para a sonsa, que empalideceu ao ouvir o que foi dito.

— E-eu... Eu não s-sabia...

— Saberia se tivesse me perguntado, sua azeda. Mas, ao contrário, preferiu vir me ofender. E sou favelada sim, com orgulho! Algum problema com isso? Eu ao menos pareço ter mais educação que você e respeito as pessoas ao meu redor. — Coloquei minha frustração para fora e Lorenzo segurou meus ombros, quando me viu apontar o dedo na cara da mulher.

— Algum problema, doutor Lorenzo? — perguntou um rapaz vestido de terno e gravata, que brotou não sei de onde.

— Sim, Rui. Sua funcionária acabou de insultar a minha cliente e não creio que você irá permitir essa tamanha falta de respeito — Lorenzo foi enfático e todo o sangue da cara da azeda pareceu se esvair.

— Não, doutor Lorenzo. Jamais. Não iremos tolerar falta de respeito dos nossos funcionários. Desculpem-nos por isso. — O rapaz se virou para mim, constrangido: — Peço perdão, principalmente para a senhorita pelo ocorrido. — Voltou-se para a nojenta que estava completamente sem graça. — Você está demitida. Faça-me o favor de juntar suas coisas e me encontrar em minha sala imediatamente. — Não falou mais nada antes de virar as costas e seguir para dentro do prédio.

— Vamos. — Lorenzo começou a me rebocar em direção a um elevador que ficava no final do corredor, afastado de todos os outros.

Quando as portas do elevador se fecharam, dava para ver que ele estava com raiva, seus olhos não transmitiam outra coisa senão isso. Mas Lorenzo não olhava para mim, parecia não conseguir. Muito pelo contrário, fechou os olhos como se não pudesse e passava as mãos nos cabelos, uma e outra vez.

Por que diabos ele estava agindo assim?

Não queria me importar. Estava chateada. Puta da vida. Como se já não bastasse meu dia ter sido uma bosta, ainda ter que lidar com o preconceito descabido daquela mulher idiota era a última coisa que eu gostaria. Só que vê-lo agir dessa forma tão estranha e distante mexia comigo sobremaneira. Talvez mais do que deveria.

Depois de um tempo ali, as portas finalmente se abriram e nos deparamos com um corredor escuro, com uma única porta. Como sempre educado, Lorenzo me deu passagem para que eu seguisse para fora do elevador e passou por mim, quando nos vi de frente a uma porta que mais me parecia um cofre do que uma porta realmente. Digitou um código na fechadura eletrônica e a fez se abrir automaticamente, revelando um ambiente escuro.

Mais uma vez, ele me deu passagem; e enquanto tentava identificar onde me encontrava, Lorenzo acendeu as luzes, fazendo com que fosse possível ver o lugar, que me deixou de boca aberta. Não era seu escritório, mas sim um quarto, que apesar de pequeno, tinha um armário com algumas peças de roupas penduradas, micro-ondas, frigobar e uma cama do tamanho king-size.

— Onde estamos? — quebrei o silêncio que nos rodeava, porque minha curiosidade falava mais alto do que tudo.

— Aos fundos do meu escritório. — Sua resposta foi dada com certa frieza, que apenas me deixou mais irritada.

— E por que estamos aqui? — Foi impossível esconder minha cara feia enquanto lhe perguntava.

— Porque sim — respondeu apenas.

Como é que é?

— Você está bem? — Pela primeira vez, naquele dia, sua voz pareceu amolecer, enquanto me perguntava. Era como se estivesse realmente preocupado.

Oi? Ele era bipolar?

— Por que eu não estaria? — respondi com outra pergunta desafiadora, admito.

— Porque aquela mulher te ofendeu — falara como se fosse óbvio e, mais uma vez, me vi chocada.

Meu coração se derreteu quando ele disse isso. De alguma forma, ele havia ficado preocupado pelo que aquela nojenta falou, mas, embora tenha ficado chateada, estava acostumada com esse preconceito.

— Está tudo bem. — Dei de ombros.

— Não. Não está. Aquilo foi um absurdo. Nem mesmo acreditei quando a ouvi chamá-la de favelada... Isso...

— Isso é normal — o cortei. — Ela não é a primeira e nem será a última que me tratará assim.

— Normal? — indagou indignado. — Isso para mim não é normal. Enquanto as pessoas continuarem agindo e tratando as pessoas com indiferença como se fosse normal, nada vai mudar e sempre existirá esse preconceito.

Lorenzo realmente parecia puto da vida e eu quase ri da sua cara irritada linda. Até mesmo esqueci que estava chateada com ele por todo seu silêncio e distância. Aproximando-me dele, suas feições só me deram certeza do quanto ele parecia se sentir frustrado e até mesmo impotente pelo preconceito que sofri e presenciou.

Não queria ir além. Não queria atravessar uma barreira que ele não gostaria. E talvez nem eu quisesse. Por isso apenas segurei sua mão em um gesto, que deveria ser amigável e lhe garanti:

— Está tudo bem. Não acho que isso seja normal, é revoltante para mim também, mas posso lidar com isso. — Ele respirou um pouco aliviado, mas não estava convencido.

— Não gostei. Me senti impotente — admitiu, sem tirar seus lindos olhos de mim.

— Sei que sim. E eu agradeço por isso. — Sorri para ele, em uma tentativa de agradecê-lo por vir em minha defesa. Mais uma vez.

Ficamos alguns minutos em silêncio, seus olhos presos aos meus, nenhum de nós parecendo saber como agir a seguir. E ele foi o primeiro a tomar a iniciativa:

— Ava. — Engoliu em seco ao dizer meu nome, parecendo não saber como agir realmente. — Desculpe ter agido como um idiota. Estava chateado por você ter ido sem avisar — confessou, fazendo um pequeno sorriso despontar em meus lábios.

Lorenzo já deixara claro que as coisas eram como queria, não estava acostumado a ser contrariado. Mas eu também não fazia o tipo e, embora fosse bonitinho vê-lo emburrado por não ter agido como ele gostaria que fosse, também tinha que deixar claro minha posição.

— Eu te disse que não poderia ficar — relembrei-o e ele concordou.

— Sei que sim. Mas achei que tinha feito com que você mudasse de ideia. — Voltou a fechar a cara e perguntou em um rompante: — Quem é ele, Ava? — Sua raiva retornou e arqueei a sobrancelha sem entender.

Quem era quem?

— Como assim quem é ele? — Sentindo-me confusa, tive que perguntar e ele riu sem humor, antes de se afastar, fazendo-me acompanhá-lo com o olhar.

— Acordei com a minha cama vazia e mesmo puto, ao ver seu recado no espelho, fiquei tentando pensar em motivos para que você não tivesse dormido comigo. Para não ficar pensando sobre isso, resolvi fazer uma surpresa e vi o motivo com meus próprios olhos. — Certa arrogância estava implícita em suas palavras, bem como a frieza que até então eu desconhecia.

— Do que você está falando, Lorenzo Bernardi? — perguntei, começando a ficar irritada com sua atitude.

— Do puto que estava com você e te levou para o trabalho!

Ele está falando de Marcelo? Ele estava com ciúmes?

Tive vontade de rir. Na verdade tive que me segurar para não fazer isso na frente dele. Naquele instante entendi o motivo do seu comportamento. Entendi porque não havia me ligado ou até mesmo me mandado mensagem, Lorenzo estava com ciúmes do Marcelo.

— Por que você está rindo?

Não pude me segurar. Ele estava puto. Muito puto. Eu podia ver claramente a raiva e a frustração no seu olhar. Mas isso não foi o bastante para me parar.

— Pare de rir! — ordenou, fazendo com que minha crise de risos apenas aumentasse. — Quem é ele, Ava? — tornou a perguntar, segurando meu queixo e o seu toque quente em minha pele foi o bastante para me fazer parar.

— Marcelo, Lorenzo. Era o Marcelo. Ele me deu apenas uma carona. — Lorenzo não pareceu satisfeito com minha resposta.

— Quem é ele? — voltou a perguntar e revirei os olhos, sabendo que ele não aceitaria meias respostas.

— Marcelo é filho da vizinha. — Seus olhos continuavam exigindo que eu dissesse mais e fiz, porque não tinha nada a esconder: — Ele também é meu ex-namorado.

Um rosnado irritado lhe escapou.

— Por que pegou uma carona com ele? — perguntou contrariado.

— Porque eu não queria pegar um ônibus lotado! — respondi petulante.

— Ava, não me faça perder a paciência — avisou e revirei os olhos, porque era inacreditável que ele estivesse agindo assim.

— Me poupe disso, Lorenzo. Marcelo me deu apenas uma carona. Eu não tenho nada com ele há anos. Nem tenho a pretensão de ter. Terminei com Marcelo, porque fui traída. E se tem uma coisa que não admito é traição. — Quando terminei de falar, ele pareceu soltar o ar que estava segurando.

— Jura que não tem mais ninguém? — Sua carinha de menino carente me deixou boba.

— Juro.

E com isso Lorenzo Bernardi simplesmente me pegou em seus braços e beijou-me de uma forma que fez com que perdesse meu fôlego, fazendo-me esquecer de todo o resto.

Que resto mesmo?

— Quero você agora — sussurrou em minha boca antes de cairmos juntos na cama e ele, então, dominar-me, como sempre fazia desde nosso primeiro encontro. Nós dois nos perdendo um no outro, como se fazer isso parecesse certo. E se não fosse, eu não sabia o que era certo então.

♥

Algumas horas mais tarde, estávamos vestidos e prontos diante da delegacia que havia sido trazida presa dois dias antes. Depois de todas as ousadias que fizemos na sala privada, que descobri ficar localizada no fundo do seu escritório, fomos até lá e finalmente falamos sobre o nosso caso, antes de chegar ali.

Eu tinha todos os documentos que havia dito ter e Lorenzo juntou tudo em uma pasta que dali em diante fariam parte do caso. Eu estava em suas mãos. Estava nervosa. Não porque tinha medo de qualquer coisa, afinal, não tinha o que temer realmente. Porém, Lorenzo me disse que eu ficaria de frente à pessoa que estava roubando meu trabalho e não sabia como me sentiria diante dela.

— Você está bem? — Sua pergunta soou preocupada, quando entramos e me vi encarando a delegacia diante de nós.

— Estou — menti.

— Não. Você não está. — Seu tom parecia divertido. — Você esqueceu que seu *advogato* é o Gostosão da CPI? — brincou com o apelido que eu havia dado lhe dado e, inevitavelmente, me vi rindo.

— Sei que estou em mãos maravilhosas — disse maldosa e ele riu safado.

— Não fala isso. Não provoca — pediu e acabei rindo outra vez.

— Doutor Lorenzo? O delegado já está esperando o doutor e sua cliente — o recepcionista magrelo nos interrompeu e respirei fundo.

— Obrigado — ele disse, antes de sorrir para mim em uma tentativa de me encorajar e seguimos em direção à sala do delegado que nos aguardava.

O delegado cara de pau estava em pé quando entramos. Eu não havia gostado dele no início, afinal, não deu-me nem mesmo direito de defesa quando cheguei algemada pelos seus subordinados. No entanto, minha primeira impressão ruim dele fora amenizada, apesar dele parecer tanto com Leôncio do desenho do Pica-Pau com sua barriga protuberante e bigode grande, que a semelhança chegava a assustar.

— Boa tarde, doutor Lorenzo. Srta. Ava. — cumprimentou-nos e me limitei em retribuir com apenas um aceno. — Fiquem à vontade. A outra parte deve estar chegando. Ela foi muito solícita em vir prestar esclarecimentos quando entrei em contato. Já deixei avisado na recepção que é para deixarem-na entrar, para que não percamos mais tempo e assim a gente resolva a situação o quanto antes.

— Eu ainda não tive a chance de perguntar, como é mesmo o nome da dona da loja? — Lorenzo inquiriu assim que nos sentamos.

— Er... — O Leôncio voltou a seus papéis e procurou pelo nome da falsária. — O nome dela é Angélica...

— Angélica Reale — Lorenzo não perguntou, apenas completou, no entanto parecia chocado.

— Eu mesma. — Uma voz insuportável falou atrás de nós, nos colocando imediatamente de pé.

Era ela! Havia chegado a hora!

13
AVA

Angélica era uma mulher alta, bonita, elegante e morena. Embaixo das suas roupas maravilhosas de grife e dos saltos altos, eu podia ver claramente que escondia um corpo perfeito e esguio. Um corpo e porte digno de uma modelo de passarelas. E não ficaria surpresa se me dissessem que ela era uma.

Mas, apesar de toda beleza, da maquiagem perfeita, pude notar de imediato uma arrogância e um ego sem tamanho. Ela poderia não ser a pessoa responsável pelo acontecido com minhas criações, mas ainda assim não fui com a cara dela de imediato. Não suportava aquela cara de quem estava com a calcinha na bunda e não conseguia tirar sem perder a pose.

— Enzo. Que surpresa. Não esperava vê-lo aqui. — Sua voz de taquara rachada doeu meus tímpanos.

Enzo? Ela o conhecia?

Minha pergunta silenciosa foi respondida quando a vi indo em sua direção, cumprimentando-o com dois beijos no rosto, demorados demais para o meu gosto. O que me deixou ainda mais furiosa era o fato de que os dois eram obviamente íntimos, não apenas pelo apelido dado por ela, mas pela maneira que ousou alisar seu rosto quando se afastou o mínimo possível de Lorenzo, sem nem mesmo tirar os olhos dele.

— É realmente uma surpresa, Angélica. — Ele pareceu sem jeito, mas tentou se afastar dela de maneira educada.

E eu? Estava morrendo de ódio da vaca!

— E o que está fazendo aqui, querido? Papai te ligou? Disse a ele que não precisava se preocupar, que eu não precisava de um advogado para isso. Isso tudo é besteira. — Sua afirmativa foi feita com toda convicção, mas o que mais me irritou foi a forma que ela sorria sedutoramente para ele.

— Na verdade... — Lorenzo começou, mas eu quem completei:

— Ele está aqui porque é meu advogado. — Tomei sua frente, fazendo com que minha presença fosse notada pela primeira vez desde que ela chegara ali.

Como já esperava que acontecesse, Angélica Reale me olhou dos pés à cabeça. E quando fez isso considerei que deveria mesmo me acostumar com esse tipo de olhada seca pimenteira, porque já era a segunda vez que recebia apenas aquele dia.

Só que ela não me conhecia. Se antes não havia deixado por menos, não era diante dela que faria. Sustentei seu olhar, mostrando que não me deixaria intimidar um segundo sequer por sua presença e muito menos pela sua cara de nojo.

— Ela está brincando, não é, Lorenzo? — perguntou para ele, voltando a me ignorar, como se não acreditasse no que eu havia dito.

— Você pode falar diretamente com ela, Angélica. Ava sabe responder por si só. Mas não, ela não está brincando — afirmou sério, deixando-a nitidamente chocada e sorri ironicamente para ela.

Toma, vaca!

— Você não pode estar falando sério em dizer que vai defender essa mulherzinha e ficar contra mim. Ela nem mesmo parece ter dinheiro para pagar seus honorários! — Como se eu não estivesse ali diante dela, ela se mostrava indignada.

Mas o quê?

Eu iria lhe responder à altura, porém, mais uma vez, Lorenzo tomou a frente:

— Peço que, em primeiro lugar, respeite a minha cliente, Angélica. Segundo, mesmo que não lhe deva explicações, quero que saiba que, quando peguei o caso de Ava, não tinha conhecimento de que você era a outra parte — completou rapidamente quando viu que ela diria algo: — Mas conhecendo toda a história e tendo as provas da minha cliente em mãos, eu não mudaria nem mesmo agora a minha decisão em defendê-la. E por último, mas não menos importante, meus honorários não lhe dizem respeito — não hesitou em lhe responder.

— Mas não vê que isso é um absurdo? Você só pode estar comendo essazinha! Nunca esperei que descesse tão baixo apenas para comer uma pobretona, Lorenzo! — afirmou exaltada, ao mesmo tempo que me olhava com desdém.

Dessa vez, eu não deixaria barato. Não deixaria que ela me roubasse e ainda por cima tentasse me ofender. Não importava que estivesse em uma delegacia e corresse o risco de ser presa justamente dessa vez, não deixaria isso por menos.

Sim! Eu quebraria a cara daquela azeda!

— Eu acho que você deveria medir suas palavras antes de dizer mais alguma coisa, Angélica — Lorenzo avisou a ela, que me encarava com ódio.

— Isso tudo é medo, sua vaca? Medo porque sabe que está errada e com medo de se ferrar? Ou é inveja porque o Lorenzo está "comendo bem"? — Minha voz escorreu sarcasmo enquanto lhe perguntava com um sorriso cínico nos lábios.

O olhar que recebi em troca, quase me obrigou a fazer como a Valeska e desse um beijinho no meu ombro[6] para o recalque passar longe.

— Moças, moças, não briguem, por favor — o delegado decidiu interferir. — Conversaremos como pessoas sensatas. Sentem-se todos. Isso é uma ordem.

O delegado indicou as cadeiras em frente a sua mesa e, mesmo que eu quisesse falar mais, apenas obedeci. Não tinha dúvidas de que oportunidades para dizer umas verdades para essa criatura não faltariam.

Não mesmo! Na próxima vez ela engoliria a língua!

— Senhorita Ava, trouxe os documentos que pedi? — o delegado perguntou e concordei.

— Sim, delegado. Estão aqui. Originais e cópias — Lorenzo respondeu, enquanto abria sua pasta e tirava de dentro meus documentos. — O senhor pode conferir que as cópias autenticadas batem com os originais. — O delegado concordou enquanto verificava.

— Trouxe as fotos? — perguntou sem tirar os olhos dos documentos.

— Sim. Aqui. — Lorenzo lhe entregou novamente as fotos.

— Tudo bem. Aqui está ok. — Ele se virou para a nojenta, que parecia estar com problema de hemorroidas devido a sua cara feia. — E a senhorita tem algo que prova que os modelos pertenciam à sua loja de alguma maneira? — perguntou.

---

6 Beijinho no Ombro - Valeska Popozuda

— Claro que sim! Não sou idiota! — retorquiu e o delegado a encarou de forma feia.

— Não disse em momento algum isso, senhorita. Acho bom se comportar e abaixar o tom. — Seu aviso a fez bufar irritada.

— Tenho recibos. — Estendeu uma pasta para ele, que começou a analisar o que tinha ali.

— São apenas recibos, senhora. Não tem nada discriminado — tornou a falar de modo impaciente.

— Minha loja tem muitos designers, delegado. Alguns dos quais se mantém em anonimato e desenham exclusivamente para mim. Como não posso viajar sempre, tenho uma assessora que faz isso por mim quando preciso e eu pago apenas pela sua exclusividade. — Estendeu outra pasta para ele.

— Precisaremos de mais do que isso, senhorita.

— Não tem problema. Trouxe minha assessora para testemunhar. — Ela se virou para mim com um sorriso perverso. — Posso chamá-la?

— Sim. Mande-a entrar. — Fez um gesto com a mão.

— Entre — Angélica disse ao telefone, antes de desligá-lo e a porta se abrir.

E por aquela porta passou ninguém menos do que Bianca.

Ah, vadia traíra!

♥

— Isso é um absurdo, Lorenzo — foi o que eu disse para Lorenzo enquanto batia a porta do seu carro e me sentava.

— Calma, Ava. Essa foi apenas uma mera conversa. — Ele tentou me acalmar, em vão, claro.

— Como calma? Minha melhor amiga me apunhalou pelas costas e está testemunhando a favor da vadia que roubou minhas roupas! Ela nunca nem viajou para o exterior e está afirmando justamente isso! — disse indignada.

— Sei que você está chateada e com razão. Mas vamos levar isso aos tribunais. Vamos conseguir resolver essa situação — garantiu, olhando em meus olhos.

— Quero processá-la. — Queria mesmo e ele concordou segurando meu queixo, antes de me dar um beijo leve nos lábios.

— E vamos.

— Quero arrancar tudo dela. Até mesmo as penas daquela galinha! — continuei e sua boca se abriu em um sorriso.

— Tudo bem. Faremos isso, minha Bandida.

— Ela é uma vaca. Odeio-a! — Coloquei para fora minha frustração.

— Eu entendo.

— Você comeu ela — afirmei, quase como uma acusação, ainda mais puta da vida por isso.

— De onde saiu isso? — perguntou, tentando segurar o riso.

— Você acabou de me confirmar. — Saber disso me deixava mais irritada do que gostaria.

— Isso foi há muito tempo — ainda rindo me respondeu e arqueei as sobrancelhas, olhando-o com censura.

— Sei. — O desdém foi claro em minhas palavras, o que apenas o fez sorrir ainda mais.

— Sério. Eu não via Angélica há anos. Acho que uns dez, no mínimo, e a última vez que estive com ela ainda éramos adolescentes. — Virei o rosto, não querendo pensar sobre isso. — Ava. Não faz isso. Isso é sério. Não tenho porque mentir para você, amor. — Sua afirmação me fez paralisar.

Amor? Oh, meu Deus! Ele me chamou disso mesmo?

Olhei para ele chocada, esperando que se desculpasse, que dissesse alguma coisa que afirmasse que a palavra havia saído sem querer, mas nada veio. Lorenzo não falou mais nada. Comecei a achar então que pudesse ser alguma pegadinha que minha própria cabeça havia pregado, mas ele permaneceu me olhando firme, como se não estivesse disposto a retirar o que havia dito.

Como eu me sentia sobre isso?

Eu não sabia.

Se eu estava assustada?

Estava pra caralho!

Se eu queria dar para ele naquele instante mesmo?

Com toda certeza!

Mas resolvi não pensar sobre o peso que aquela palavrinha teria sobre nós e fingir que não havia escutado direito fosse a melhor opção.

— Quais seus planos para hoje? — perguntei, de repente, com uma ideia se formando em minha cabeça.

— Meus planos para hoje é estar com você — afirmou sem hesitar.

Puta merda! Se eu dissesse que não havia um pedaço de mim que não se arrepiara, seria mentira!

— Tudo bem. Você não tem apenas ternos no seu guarda-roupa, né? — Ele me olhou intrigado com a minha pergunta.

— Não. Claro que não.

— Ótimo. Porque ontem você me levou para jantar e hoje vou te levar para um lugar da minha escolha. — Coloquei meus braços em seus ombros, antes de puxá-lo para mim.

— E posso saber para onde? — indagou, mordendo meus lábios inferiores.

— Vou te levar para um baile funk.

14
LORENZO

Parado em frente à casa de Ava, eu não poderia acreditar que estava prestes a fazer isso. Não poderia acreditar que estava indo a um baile funk. Nunca tinha ido a um lugar daquele na minha vida. Não porque fosse preconceituoso, apenas não fazia meu tipo. A única coisa que me vinha à cabeça ao pensar sobre isso, eram mulheres seminuas rebolando contra os homens, quase um sexo explícito.

E nem com o cacete que eu deixaria Ava ir a um lugar desses sozinha!

Era um pouco depois das nove da noite, horário que tínhamos combinado, por isso desliguei meu carro em frente a sua casa e me dirigi até a porta, antes de tocar a campainha. Eu não havia dito que havia chegado, mas pensei que, por causa do horário, ela saberia que se tratava de mim e viria abrir a porta, mas estava nitidamente enganado.

Assim que a porta se abriu, uma mulher com um pouco mais de quarenta, mas muito, muito bonita, estava diante de mim. Era a mãe de Ava com toda certeza, pois olhando para ela eu sabia exatamente de onde minha bandida havia puxado a beleza.

Ava havia me dito depois do meu ataque de ciúmes que ela não dormia fora de casa por causa da mãe, que há um tempo havia tido um derrame vascular cerebral. Apesar de parecer bem fisicamente, dentro das suas limitações e de ter o melhor tratamento que poderiam pagar, depois disso, Ava não conseguia dormir sossegada longe de casa.

Não esperava que sua mãe me recebesse como um rei ou algo parecido, mas, apesar do sorriso genuino que dei, não estava preparado para a cara desgostosa que recebi em resposta. Ainda assim, tomei coragem e decidi me apresentar:

— Boa noite. Eu sou...

— Eu sei quem é você. Você é Lorenzo Bernardi. Minha filha está se aprontando. Entre. — Afastou-se da porta, me dando permissão para passar.

Ela não estava me bajulando e nem fingindo que estava feliz em me ver, muito pelo contrário, a mãe de Ava estava limitando até mesmo sua educação para com a minha pessoa.

— Com licença. — Sentindo-me intimidado como nunca me senti outrora, adentrei no pequeno casebre simples, porém charmoso.

— Sente-se, Lorenzo — ela não pediu, apenas ordenou.

Como eu não era bobo nem nada, ela não precisava pedir duas vezes e tratei logo de fazer o que me foi ordenado. Afinal, ela era a mãe da Ava. E quem tem, tem medo.

— Eu vou ser direta, Lorenzo. — Ela se sentou na poltrona em frente ao sofá simples que eu já estava sentado, basicamente me cagando de medo. — Eu não gosto do fato da minha filha se envolver com você — falou, secamente.

Ui! Nem mesmo um lubrificante rolou! Eu acho que não estava esperando por essa!

— Senho...

— Eu não terminei — me cortou e me vi acenando, meu medo dela apenas crescendo. — Ava é uma menina de ouro. Forte, batalhadora, não nasceu para ser esposa troféu e muito menos para ser amante de homem rico. Somos pobres, mas sempre batalhamos pelo nosso e nunca precisamos de ninguém para conseguirmos isso. — Ela não conseguiu esconder o ressentimento em sua voz, o que me deixou ainda mais chocado.

Esposa troféu? Amante? O que ela queria dizer com isso?

— Senho...

— Como eu ia dizendo... — Novamente fui cortado, sem cerimônia alguma. — Sei que minha menina é bonita e não me admira que tenha chamado sua atenção. Mas isso não quer dizer que você poderá brincar com ela, como se fosse sua putinha particular, para depois apenas dispensar, como se ela fosse descartável e então casar com uma mulher da sua classe social. Eu não admitirei que faça isso, que a trate como um nada. Essa menina tem mãe, Lorenzo Bernardi. E essa mãe aqui faz de tudo pela sua filha. Não queira ver o meu pior. — Seu aviso me deixou simplesmente embasbacado.

Eu não acho que tenha visto o caminhão que me atropelou, porque tinha certeza de que tinha acontecido exatamente isso. Ao menos era essa a sensação que eu tinha. Estava chocado, sem palavras, sem saber o que dizer e como agir dali em diante.

Embora não tivesse passado por isso antes, afinal, nunca tive uma namorada ou sequer um relacionamento outrora, entendia sua posição de mãe. Entendia que estivesse preocupada, afinal era sua filha. Elas tinham apenas uma à outra. Mas a propriedade com que disse tudo aquilo, me deixou, de fato, intrigado.

Durante meus anos de carreira jurídica já havia enfrentado muita gente nos tribunais, mas nunca uma mãe. Mesmo que estivesse surpreso com a sua resistência para com a minha pessoa, decidi que o melhor era ser sincero e deixar claro quem eu era. Não poderia apenas me calar como se fosse culpado, afinal, todos temos direito de defesa.

— Eu entendo sua posição, dona...?

— Dinorá — respondeu, sem desviar os olhos muito sérios dos meus.

— Bem, dona Dinorá. Eu a entendo. Entendo e admiro isso. Estou conhecendo sua filha agora, mas, embora não saibamos para onde estamos indo e também não possa lhe fazer uma promessa de futuro, saiba que jamais brincaria com seus sentimentos — garanti, fazendo-a arquear sua sobrancelha enquanto continuava a me analisar. — Tive uma educação rígida quanto a isso. Aprendi a respeitar a todos e isso inclui as mulheres, independentemente de como vivem. Jamais faria má juízo de Ava por sua classe social. Até porque não é segredo para ninguém, que antes de minha mãe se casar com meu pai, ela era pobre e fazia faculdade apenas por causa de uma bolsa.

Foi sua vez de parecer surpresa. Tinha certeza de que ela não imaginava que a história da minha família fosse essa, porque quem via dona Marta Bernardi nas colunas sociais, não imaginava o quanto ela ralara para conseguir continuar a frequentar a faculdade e de quebra ajudar a colocar comida na mesa de casa anos antes.

Não que essa história sobre a realidade da minha mãe tivesse sido colocada para debaixo do tapete, porque isso nunca aconteceu. Minha mãe não escondia de ninguém suas raízes humildes e seu empenho em projetos sociais só comprovavam que não importava quantos milhões existissem em sua conta bancária, ou que nos dias atuais vestisse apenas roupas de grife e frequentasse as maiores festas da alta sociedade, ela continuava a ser a mesma mulher de anos antes.

Durante toda sua vida cuidou dos seus pais, com tamanha dedicação e não os deixou desamparados em nenhum momento, até perdê-los há alguns anos. Ela ainda ia para a cozinha e colocava a mão na massa, cozinhando. Sua comida preferida ainda era uma pratada de mocotó, que fazia questão de chupar os ossos com a mão. E minha mãe ainda era aquela que aproveitava uma boa festa dançando até o chão.

Como ela mesma costumava repetir: "Você pode tirar uma mulher da favela, mas a favela não sai dela!".

— Eu não sabia...

— Que minha mãe foi pobre? — Sorri. — Sim. Ela foi. Mas, então, meu pai se apaixonou e mesmo que ela tivesse tentado fugir do mauricinho esnobe, como ela mesma dizia que ele era, ainda assim não conseguiu lutar por muito tempo contra, porque, quando um Bernardi quer uma coisa, ele vai atrás até conseguir. Espero que a senhora entenda — afirmei, deixando basicamente subentendido que me sentia da mesma maneira pela sua filha.

— Lorenzo? — Ava chegou na sala, parecendo realmente surpresa ao me ver conversando com sua mãe. — Não sabia que havia chegado. Está tudo bem aqui? — perguntou, olhando de mim para a mais velha.

A postura de Ava deixou claro que ela estava ciente da desaprovação de sua mãe em relação a nós dois e o quanto aquilo parecia deixá-la preocupada.

— Está tudo bem. — Levantei-me e cumprimentei-a com um beijo suave nos lábios. — Estava conversando um pouco com a dona Dinorá — disse e, apesar dela parecer mais aliviada com a minha resposta, ainda assim nos olhou desconfiada.

— Hum. Tudo bem.

— Você está linda — eu disse e era verdade.

Ava estava ainda mais maquiada do que estivera na noite anterior, os olhos cor de mel pareciam maiores e ainda mais claros por causa da camada generosa de rímel e do delineador que usava. O batom vermelho, que parecia ser seu favorito e já eram sua marca para mim, deixavam seus lábios carnudos ainda mais tentadores.

Diante de mim estava a mulher mais linda e sensual que já conheci.

Vestindo um top tomara que caia preto, que modelava os seios redondos, que de tão bem feitos pareciam ser produto de cirurgia plástica, mas eu sabia que eram apenas obra divina. Sua barriga estava de fora, cintura fina e quadris cobertos apenas por uma saia jeans curta. Curtas demais para o meu gosto.

Como sempre, as sandálias de salto completavam seu visual, além dos seus cabelos dourados que hoje caíam soltos e meio ondulados, quase rebeldes.

A bandida era realmente linda demais. Espetacular!

Mas, apesar da admiração que sentia ao vê-la linda diante de mim, tinha certeza de que com essas peças de roupas mínimas, eu não seria o único a admirar o que apenas eu gostaria de ver. E, com essa constatação, uma onda de ciúmes, até pouco tempo desconhecida, me envolveu e a minha vontade foi de mandar que ela entrasse e trocasse de roupa. Só que eu já a conhecia melhor e sabia que fazer isso apenas criaria uma confusão.

Ava não era o tipo de mulher que levava bem uma ordem. Principalmente vindo de um homem, por motivos descabidos. Ok. Talvez não tão descabidos, mas ainda assim por motivos que apenas a fariam criar uma confusão que eu não gostaria. Exatamente por isso recolhi-me à minha insignificância.

— Vamos? — me chamou e ao ver seu sorriso e olhar iluminado, soube que havia tomado a decisão certa.

— Vamos sim. — Sorri para ela e, quando me virei para sua mãe, que nos olhava de maneira mais amena, acabei tendo uma ideia, que saiu pela minha boca antes mesmo que pudesse segurar: — Dona Dinorá, ainda não tive oportunidade de conversar com a Ava sobre isso, mas queria aproveitar que estou aqui, para convidá-las para passarmos o final de semana em uma casa de praia que tenho aqui perto.

Ava pareceu surpresa com meu convite, mas ainda assim sorriu, parecendo deveras satisfeita. Dona Dinorá estava mais do que surpresa, parecia até mesmo meio aturdida com meu convite e sendo sincero comigo mesmo, eu também estava.

Não havia pensado muito, nem mesmo planejado, mas me pareceu uma boa ideia passar um tempo com as duas. Não apenas porque eu sabia que Ava não iria para qualquer lugar se a mãe não fosse, ou apenas para conhecê-la melhor, mas também para, quem sabe, desfazer a má impressão que ainda poderia ter sobre nós dois ou sobre mim.

— Eu não sei se é uma boa ideia — dona Dinorá tentou falar, ressabiada.

— Vamos, mãe. Eu acho que vai ser ótimo sairmos um pouco de casa. — Ava pareceu animada quando falou e a enlacei pela cintura, fazendo-a encostar-se em mim, enquanto olhava para a mãe em expectativa. E eu também.

— Não sei, filha. Não quero dar trabalho ou atrapalhar os dois. — Parecia sem jeito e achei por bem deixar as coisas claro.

— Imagina, dona Dinorá. Não dará trabalho e não atrapalhará nada. A casa fica apenas algumas horas daqui, poderíamos ir amanhã depois do almoço. Não costumo ir lá muitas vezes por causa de tempo e queria mesmo poder usufruir um pouquinho mais dela. Tenho certeza de que as duas irão adorar. — Novamente estava sendo sincero. Eu queria realmente fazer aquilo.

Por um momento pareceu pensar um pouco sobre minhas palavras e notei estar quase convencida, mas, quando respondeu, limitou-se a dizer:

— Vou pensar sobre isso. — Balançou a cabeça e assenti aliviado, afinal, não era uma negativa.

— Ótimo. Se não quiserem ir nesse final de semana, poderemos ir no próximo. — Dei de ombros, tentando transparecer uma normalidade que eu estava bem longe de sentir.

— Eu acho que seria ótimo ir amanhã — Ava afirmou e a mãe dela mordeu os lábios, antes de finalmente se dar por vencida e comemorei internamente.

Pronto, Lorenzo! Você tinha um final de semana para não apenas conquistar a filha, mas, principalmente, para conquistar a mãe!

♥

Depois de nos despedirmos de dona Dinorá, saímos de mãos dadas da sua casa. Ia em direção ao meu carro, mas Ava riu ao me parar, dizendo que não precisaríamos dele para irmos até o lugar onde estava sendo realizado o baile. O que, decerto, me deixara em alerta. E mais do que isso: completamente fora de lugar.

Eu passava boa parte do meu tempo trabalhando, então eram poucos os momentos em que eu tinha chance para usar jeans, tênis e camiseta. Mas, definitivamente, nunca tinha ido para um baile de funk.

Subimos uma imensa ladeira, que nos levava literalmente para o morro e achei que demoraríamos um pouco mais para chegar, mas Ava não havia mentido, o local era realmente bem perto da sua casa. Pensei que iríamos para um lugar fechado, tipo uma boate, mas a festa acontecia em um local que mais se parecia com uma quadra de esportes.

À frente estava cheia de vendedores ambulantes e barracas de drinques ou, como Ava chamou, *"barracas de capeta"*. Havia muita gente ali. Muita mesmo. Eu não fazia ideia se caberia tantos naquele lugar, que não parecia ser tão grande ou tampouco capaz de comportar todos. Muito menos se seria seguro.

Ao chegarmos à bilheteria para comprar nossos ingressos, vi que tinha a opção de camarote e achei ser mais seguro para nós ou ao menos para mim. Afinal, se ficássemos em um lugar mais reservado, eu não teria que bater em nenhum mané por passar a mão na bunda da Ava.

Ela não gostou, na verdade discutimos um pouco sobre isso, mas não abri mão da minha decisão e Ava não teve opção a não ser aceitar. Fomos em direção à entrada do camarote e, felizmente, quase não havia fila, ao contrário da entrada da pista, que parecia dar uma volta na quadra.

Os camarotes ficavam no alto e rodeavam quase todo o local, mas pareciam ser divididos em vários reservados. Ava me explicou que a quadra também era usada pelos artistas locais para fazerem os ensaios de carnaval e, por isso, o lugar parecia ser bem preparado para festas do tipo.

Nosso camarote era bem pequeno, daria no máximo umas dez pessoas, mas tinha uma vista excelente do ambiente. Além de algumas cadeiras de plástico, havia apenas uma mesa também de plástico, um isopor e mais nada. Ava tornou a me explicar que, como vendiam bebidas, também vendiam gelo, caso quiséssemos manter a temperatura das latinhas e garrafas compradas.

Não muito tempo depois que chegamos, uma senhora veio perguntar se queríamos algo para beber e Ava disse que queria uma "Ice". Demorei alguns segundos para entender o que era a bendita "Ice", mas pedi que trouxesse dez para Ava, e como todos os uísques que ela disse o nome eram desconhecidos para mim, optei por meia dúzia de latinha de cervejas, porque me pareciam ser mais seguras. Ao menos, eu achava que sim.

A bebida não tardou a chegar e com uma garrafa de "Ice", Ava encostou-se no parapeito do camarote e, enquanto apenas o som do DJ tocava, ela parecia fazer uma varredura no local, olhando as pessoas lá embaixo. Com a minha latinha de cerveja, posicionei-me atrás da Ava, minha mão livre em sua cintura e aproveitei para beijar a lateral do seu pescoço.

Ela tinha um cheiro delicioso. Não sabia que perfume usava, mas eu adorava; era doce, misturado com algo tão dela, que parecia perfeito. Quando meus lábios se afastaram da sua pele, Ava se virou para mim sorrindo, antes de vir me beijar.

O beijo foi rápido, mas ainda assim delicioso e o suficiente para me fazer querer mais. No entanto, ao se afastar, ela me olhou nos olhos e disse algo que me fez sorrir:

— Estou feliz por estarmos aqui.

Também estava. Não importava que estivesse em um lugar que, definitivamente, não era um ambiente que eu estava acostumado a frequentar, estava com ela. O que me importava era estar com Ava e se a fazia feliz estar ali, eu também estava.

Ficamos assim, nos olhando até que uma espécie de apresentador subiu ao palco e começou a agradecer a uma quantidade exorbitante de patrocinadores, chamando nossa atenção. Enquanto ele falava, era possível ver ao fundo algumas pessoas se posicionando na frente dos seus instrumentos, se preparando para o que viria.

O público lá embaixo parecia ansioso, doidos pelo início do show. Foi impossível não reparar que, apesar de haver muita gente da zona rica da cidade, que pareciam familiarizados com esse tipo de festa, ainda assim a maioria dos presentes ainda eram pessoas mais humildes, que certamente moravam na região.

Pessoas estas que deveriam ter passado o dia trabalhando e decerto fariam o mesmo no dia seguinte, mas ainda assim o cansaço do trabalho e o fato de saberem que não teriam um tempo sadio para dormir, não os impediu de virem se divertir, de viver... De serem felizes, apesar dos problemas do dia a dia, em uma tentativa de aproveitar um pouco do que a vida tinha a lhe oferecer.

Eu sabia que com Ava era a mesma coisa. Ela já havia me confessado que, quando não estava nos bailes, passava a maioria das madrugadas costurando, para no outro dia, depois de pouco dormir, ir para o trabalho e tirar o seu sustento. Eu a admirava por isso. Ela era realmente uma pessoa especial. E diante de nós deveriam existir muitas "Avas", mesmo que para mim nenhuma delas se comparasse a que eu já tinha aprendido a adorar.

Quando o apresentador finalmente anunciou o cantor, o público foi à loucura. Ava gritou também, enquanto pulava e cantava a música que nem havia começado, mas que parecia saber por causa dos primeiros acordes musicais. Fiquei enciumado, mas vi que era o momento dela curtir e com a desculpa de pegar outra cerveja, me afastei e fui até o isopor. Embora quisesse lhe dar um pouco de sossego para fazer o que gostava, não consegui me manter tão longe, porque depois de pegar a latinha, voltei para trás dela, deixando um pouco de espaço para que ela curtisse.

O cantor finalmente começou a cantar e via de cima as pessoas lá embaixo dançando, rebolando até o chão. Algumas mulheres mais exageradas requebravam tanto as cadeiras e jogavam os cabelos para o ar, que fiquei surpreso de não se quebrarem ao meio ou ao menos o pescoço.

A maioria delas usava roupas ainda mais curtas e apertadas que as da Ava e até mesmo de longe era possível ver seus trajes íntimos ou a ausência deles.

Que porra era essa?

Estava bem longe de ser um homem pudico, mas isso definitivamente me chocara um pouco. Principalmente porque elas não pareciam se preocupar nem um pouco quando os homens se roçavam nelas durante a canção.

Ao nosso redor havia muita gente bonita, mas outras nem tanto. E algumas chegavam até mesmo a ser estranhas de tão feias que eram. Mas isso não as intimidava, pois tinha algumas que requebravam tanto, que pareciam mais uma minhoca embriagada e ainda assim realizadas por estarem naquele lugar.

A cada segundo que passava, as pessoas ficavam cada vez mais animadas enquanto a música rolava, mesmo que suas letras não dissessem quase nada ou fossem decerto indecentes; apesar de não ser fã do ritmo musical vi o quanto era contagiante e, antes que me desse conta, estava mexendo o pescoço ao ritmo da música.

É, Lorenzo, quem te viu, quem te vê!

Ava obviamente se sentia em casa. Já tinha começado a dançar no ritmo que ela conhecia e adorava, rebolando suavemente, roçando sua bunda em meu pau, o que obviamente não demorou em me fazer ganhar uma ereção. Respirei fundo, tentando controlar minhas reações, mas Ava parecia estar decidida a me provocar.

Meu pau vibrou quando ela esfregou propositalmente os quadris contra mim, enquanto quebrava a sua bunda gostosa de uma forma que eu não achava ser possível.

— Ava! — Meu tom foi de advertência, ou ao menos esperava que fosse e ela se virou para me olhar, sorrindo safada.

— O quê? Estou te ensinando a fazer o quadradinho. — Fez-se de inocente, embora sua bunda continuasse a me provocar.

Eu não sabia que diabos era quadradinho, mas, a partir daquele momento, se tornara uma das minhas coisas preferidas da vida!

Enquanto o batidão explodia ao nosso redor e parecia estar prestes a me deixar surdo, com a minha mão livre segurei firme em sua cintura, encostando-me ainda mais nela. Pude sentir o corpo de Ava vibrar por uma gargalhada e meu gesto pareceu apenas incentivar que ela continuasse a me provocar, rebolando a ponto de me fazer perder o controle.

— Ava, Ava... Fique brincando com fogo, que mais tarde você vai me pagar — murmurei em seu ouvido, fazendo-a estremecer e ela me puxou para também falar no meu:

— Sou uma garota má e vou adorar me queimar.

Porra! Que Deus me ajudasse! Eu estava bem fodido com essa bandida!

15
LORENZO

Embora a noite tivesse sido diferente de tudo que experimentei um dia, definitivamente adorei passar por essa nova experiência. Ava aproveitou bastante, estava sempre dançando, rebolando até o chão, quebrando de um jeito que estava me deixando insano.

E sim, tornei-me um fã numero 1 do funk e do tal quadradinho!

Bebemos bastante. Não estava mais acostumado com cerveja, mas foi necessário quando eu estava não apenas curtindo meus momentos ao seu lado, como também para me refrescar, porque ficar admirando-a como fiquei toda noite me deixou louco de vontade dela.

É. Tempos difíceis esses! Maldito quadradinho! Ele era meu céu e meu inferno!

Ava disse que o baile rolava até o amanhecer, que ela costumava ficar até o final, mas, como estava cansada da semana pesada de trabalho, preferiu ir embora antes de acabar. Já eram quase quatro da manhã quando isso aconteceu, então nem mesmo contestei. Eu conhecia meus limites e sabia que já havia bebido além da conta, que o melhor mesmo era parar.

Saímos da festa e, assim como havíamos feito na hora de ir, seguimos andando, mas confesso que depois de todo o álcool ingerido pareceu ainda mais difícil descer a ladeira do que subir. Tentei ficar um pouco mais atento e fiquei aliviado em ver que Ava também parecia conhecer seu próprio limite, pois disse que tiraria seus sapatos e seguimos andando com ela descalça até sua casa.

Ava foi o caminho todo cantando com sua voz meio enrolada, uma música que havia tocado durante o baile e que já estava começando a me deixar puto.

"Sem querer, roubei seu coração
Desculpa, meu amor, não tive a intenção
Por favor, desgoste de mim
Pois eu não mereço ser amada assim"

Agradeci quando finalmente chegamos, pois já estava prestes a perguntar a Ava se era uma indireta para mim, porque estava sentindo que sim. Não sabia se quem perguntaria era eu ou o álcool, mas foi ela quem perguntou primeiro:

— Dorme comigo?

Isso definitivamente me fez sorrir. Não apenas porque tinha certeza de que não tinha condições de dirigir, mas porque sua carinha linda, mesmo que embriagada, os olhos meio vesgos, ébrios, pareciam querer realmente isso, como eu queria estar com ela.

Entramos tentando fazer silêncio, ou eu ao menos achava que sim, mas no meio do caminho esbarramos em algumas coisas, derrubando-as no chão, o que nos fez rir. Ava abriu a porta do seu quarto e entrei em um quarto simples, um pouco bagunçado até, que tinha espaço apenas para uma cama de solteiro e um guarda-roupa pequeno, que parecia ter mais roupas do que podia suportar.

Ava ligou o ventilador, antes de vir andando em minha direção, trôpega, se despindo rapidamente das malditas peças de roupa que mal a cobriam. Lambi os lábios quando fitei seus seios fartos, os mamilos já eriçados, como se estivessem à minha espera.

— Vem cá. — Atendi imediatamente ao seu chamado, me despindo no restante do caminho, antes de parar diante dela.

— Eu não acho que vamos caber nessa cama. — Não estava mentindo, mas não me importei realmente, enquanto segurava-a pela cintura.

— O que importa é você caber em mim. — Safada, puxou-me para a cama e devido ao nosso estado de embriaguez, não suportamos o peso um do outro e acabamos despencando ali.

Nem me importei mais com o barulho. Nem acho que Ava também se importara, porque coloquei um mamilo na boca, chupando-o com vontade, sendo até mesmo um pouco duro, mas meu tesão estava falando mais alto. Ava agarrou meu cabelo, parecendo prestes a arrancar os fios da minha cabeça, mas não liguei, pois seus gemidos baixinhos eram o que eu precisava.

Estava ansioso demais. Louco para estar dentro dela. Por isso tratei de tirar logo sua maldita tanguinha, deixando-a completamente nua para mim. Minha boca logo tomou a sua, sofregamente, e perdido no que ela me provocava me vi perguntando:

— O que você fez comigo, sua bandida? Por que me deixou tão louco assim por você? Que macumba braba foi essa?

Ava gargalhou e mordi o mamilo duro, apenas de maldade.

— Ai, Lorenzo! — reclamou, embora sua voz tenha soado mais como um gemido.

— Ai, o caralho! Você me enfeitiçou mesmo! Deixou-me tão louco que não me vejo mais longe de você!

Ava sorriu e seus olhos me olharam emocionados. Eu não queria que ela dissesse nada, então apenas voltei a beijar sua boca gostosa, querendo lhe mostrar minha urgência e desespero em tê-la.

— Te quero tanto que não posso mais esperar um minuto para estar dentro de você.

Era a mais pura verdade. Desci minha mão até seu clitóris, onde massageei com movimentos circulares, ao mesmo tempo que enfiava um dedo na sua abertura já molhada. Quando vi que estava preparada para mim, tratei logo de não perder mais tempo e guiei meu pau, abrindo o caminho entre seus lábios vaginais, que pareciam latejar.

Ava também estava ensandecida, não pareceu se importar que não tivéssemos tido preliminares, porque me recebeu muito bem, gemendo, me arranhando, me puxando ainda mais para si como se precisasse de mais. Entrei duro, com força, penetrando-a profundamente, adentrando de forma apertada em seu canal molhado.

A minha vontade era de rosnar como um homem das cavernas. Nada parecia tão bom. Nunca havia sido tão maravilhoso e por isso a minha vontade era de gritar isso. Mas, felizmente, uma parte minha pareceu se lembrar de que não estávamos sozinhos e que poderiam nos ouvir.

Ava mordia os lábios, como se quisesse controlar seus gemidos, ao mesmo tempo que eu a fodia incessantemente. Com a mão em sua cintura a levantei e saindo rapidamente de dentro dela, virei-a, antes de colocá-la de joelhos sobre a cama e voltei a penetrá-la por trás.

— Ah, caralho! Puta que pariu! Que delícia! Que gostosa! Meu Deus, Ava, eu vou gozar muito! — avisei entredentes.

Meti ainda mais fundo, entrando e tirando meu pau de dentro dela, deixando-a completamente preenchida. Ava parecia tão fora de si quanto eu, empinando a bunda e rebolando em torno de mim, completamente perdida, entregue.

Segurando firme em sua cintura, deitei meu corpo sobre ela, sem deixar de estocar duro, indo e vindo, quase me perdendo no nosso momento. Com uma mão juntei seu cabelo, quase fazendo um rabo de cavalo e o puxei, ao mesmo tempo que mordisquei sua orelha.

— Você é tão gostosa. Tão minha. Estou tão fodido com você, Ava!

— Ah! Lorenzo! — ela gemeu meu nome, enquanto eu entrava nela de uma forma cada vez mais intensa e descontrolada.

A cada estocada que dava, eu me sentia mais e mais conectado a ela. Enquanto deslizava dentro dela, meu pau parecia senti-la com perfeição, indo cada vez mais fundo, quase tocando seu útero.

Ava choramingou e meteu a cabeça embaixo do travesseiro, como se quisesse abafar seus sons. Quando senti seu canal me apertando, quase a ponto de doer, sabia que ela estava perto e soltei seu cabelo para usar a mão livre para massagear o clitóris duro e inchado, deixando o ato ainda mais prazeroso para ela, enquanto meu pau fodia-a sem dó nem piedade.

— Lorenzo... — Meu nome saiu de sua boca através de murmúrios lamuriosos e ela não precisava dizer mais nada, eu sabia.

— Goze agora, Ava.

Ela obedeceu, explodindo num orgasmo arrebatador, que fez com que gemesse alto, vibrasse e ondulasse em torno de mim, levando-me à minha própria libertação. Entreguei-me completamente, gemendo, fora de mim, enchendo-a com meu esperma quente.

Desabei sobre ela, que dizia algumas palavras desconexas, misturadas com pequenos gemidos. Caí para o lado e puxei-a para o meu peito, nós dois suados, porém satisfeitos e saciados. E eu me sentia realizado e feliz de uma maneira que jamais havia me sentido antes.

A cama de solteiro não pareceu pequena e estreita para nós. Naquele momento, ela era apenas perfeita porque eu a tinha em meus braços.

♥

Minha cabeça parecia prestes a explodir, bem como meu pau, que precisava desesperadamente que eu urinasse. Abri os olhos devagar, esperando acordar na minha bela e confortável cama king size, em meu quarto frio e aconchegante, mas acordei em uma pequena e estreita, em um quarto bagunçado e o pior de tudo: sozinho.

Forcei minha cabeça a fim de recobrar minhas últimas lembranças e fazendo um grande esforço consegui recordar-me de alguns momentos da noite anterior. Fiz uma careta quando tentei sorrir, porque era como se tivesse acabado de voltar da guerra.

Merda de cerveja! Nunca mais tomarei alguma bebida que não tenha idade suficiente para eu beber!

Queria saber onde Ava estava, mas, obviamente, não poderia descobrir isso enquanto ainda estava nu naquela maldita cama minúscula. Não sabia realmente como conseguimos dormir ali, quando não parecia nem mesmo ser capaz de comportar o tamanho da bunda de Ava, que era enorme.

Vi minhas roupas espalhadas pelo chão e peguei minha calça e camisa, mas não encontrei a cueca. Eu não precisava ser um gênio para saber que Ava tinha pegado para vesti-la, isso definitivamente estava virando uma mania.

Peguei o celular dentro do bolso da calça e vi que ainda eram sete da manhã e me perguntei por que diabos Ava havia levantado tão cedo. Abri a porta do quarto e olhei pelo corredor estreito, tentando adivinhar entre as duas portas, qual era a do banheiro. Fiz "uni-duni-tê" entre elas e optei pela da esquerda.

Abri os olhos e fiquei aliviado em descobrir que escolhi a certa. Depois de trancar a porta, segui direto para a privada, doido para me aliviar. Não era fácil. Só os homens sabem o quanto é difícil de urinar quando se está com tesão de mijo e já estava prestes a chorar de desespero, quando finalmente consegui.

Lavei as mãos na pia simples e passei um pouco de água no rosto, antes de sair pela porta para procurar Ava. A casa dela poderia ser pequena e simples, mas ao contrário do seu quarto, era tudo bem limpinho e organizado. Fui até a sala e não havia ninguém ali, então resolvi seguir o som que vinha de algum lugar e foi quando encontrei a cozinha.

Não era Ava quem estava ali cozinhando, era sua mãe, que assim que ouviu passos se virou e sorriu para mim.

— Ah! Bom dia, Lorenzo. Senta aí. Passei um café agora mesmo. — Sua recepção genuina me deixou um pouco chocado.

Onde estava aquela mulher que parecia prestes a arrancar meus ovos na noite anterior?

— Er... Bom dia. Café seria bom. — Sentei-me à mesa que me indicou.

— Aqui. — Ela começou a servir o líquido escuro na xícara que estava arrumada na mesa feita. — Ava foi até a padaria comprar um pão fresquinho. Não deve demorar — explicou, antes de se sentar na cadeira em minha frente. — E como foi a noite passada? Parece que vocês se divertiram. — disse enquanto se servia.

Oh, droga!

A timidez atípica me acometeu e, pela primeira vez, me senti sem graça por ter passado a noite em sua casa, pois ela sabia que obviamente eu havia dormido com sua filha e não apenas no sentido literal.

Tudo bem. Essa não era a coisa mais difícil de acontecer quando se tem um relacionamento com alguém, mas isso era realmente novo para mim. Novo mesmo. Nunca havia dormido com alguém e no dia seguinte tomei café da manhã com seus pais. Na verdade, nunca houve "pais" quando me envolvia, porque nunca tive um relacionamento real. Não adiantava negar e ficar assustado, porque era exatamente nessa direção que estávamos indo.

Se eu fosse sincero, pensar em estar com Ava não me assustava nem um pouco. Ela poderia ser meu extremo oposto, mas ainda assim, até mesmo quando não estava ao seu lado, era nela que pensava e com quem queria ficar.

— Foi ótimo. Nunca havia ido a um baile antes. Foi... diferente. — tentei explicar minha falta de tato e ela riu.

— Imagino que sim. Não sei por que Ava gosta dessas músicas barulhentas, mas ela realmente se diverte. — Riu novamente e tive que concordar, ao me recordar como Ava estava animada a noite passada.

— E como se diverte! — A lembrança da danada rebolando e me levando à loucura tornou impossível a tarefa de não sorrir.

Parei no momento em que senti algo endurecer em minha calça. Ava tinha um efeito impressionante sobre mim. Não precisava de muito, bastava apenas pensar nela que meu corpo respondia imediatamente. Nunca ninguém havia feito comigo o que ela fazia.

— A praia está de pé? — Dona Dinorá voltou a puxar assunto, parecia bem mais animada.

— Está sim. Podemos ir quando quiserem. Só vou em casa para tomar um banho, trocar de roupa e pegar algumas coisas. — Sorvi a bebida quente, o que logo me trouxe um pouco de alívio.

— Bom dia. — Ava entrou alegre na cozinha, cheia de sacolas na mão.

Quem a olhava assim animada, nem imaginava as poucas horas de sono que havia tido e sua provável ressaca. Ela estava tão linda, seu olhar e sorriso a iluminavam. Não usava maquiagem alguma, mas para mim nunca pareceu tão perfeita.

— Bom dia — respondi, quando se abaixou para beijar minha boca com um selinho, aproveitando para acariciar meu rosto.

— De ressaca? — Sua pergunta soou divertida e acenei em concordância, porque minha cabeça ainda latejava. — Imaginei. Trouxe isso para ajudar. — Entregou-me um pequeno saco de farmácia de modo conspiratório.

Ali dentro havia uma cartela de ENGOV e uma ampola de energético. Nunca havia feito essa mistura antes, até porque não costumava ficar de ressaca muitas vezes e por isso olhei para Ava com uma careta, que em troca me deu um sorriso malicioso.

— Acho que você vai precisar de energia para mais tarde — sussurrou em meu ouvido, antes de dar uma mordidinha ali.

Ai, meu caralho de asas!

Não contestei, tratei logo de tomá-los.

♥

Depois do café, deixei Ava e a mãe se arrumando e fui ao meu apartamento me preparar para a viagem. Dentro de poucas horas, já estávamos no carro em direção ao litoral e não muito tempo depois de deixarmos a cidade para trás, chegamos à minha casa.

Há alguns anos, estava procurando um lugar na praia, que seria como um refúgio para mim e eis que encontrei a casa perfeita após alguma procura. Era linda, como meu oásis que ficava à beira de outro paraíso.

O caseiro que tomava conta do lugar apareceu assim que saltamos do carro e nos ajudou com a bagagem. Com a minha mão na de Ava, seguimos para dentro da casa com a fachada praticamente toda de vidro. Chegando à sala moderna, levei as duas para a área externa e, como imaginei que aconteceria, ambas ficaram maravilhadas com a vista, que realmente era sem igual como também o verdadeiro motivo pelo qual havia comprado o imóvel.

Havíamos almoçado em uma peixaria a caminho e por isso dona

Dinorá disse que queria descansar um pouco, pois estava cansada da viagem. Depois de mostrar sua suíte, deixei Ava na minha e marquei de nos encontrarmos no andar inferior para um banho de piscina.

Na área de lazer, troquei minha roupa por uma sunga e pedi para a senhora, que trabalha ali, que nos preparasse alguns petiscos. Como ainda estava com um pouco de ressaca, ao invés de uma bebida alcoólica optei por uma água de coco para me hidratar um pouco mais, enquanto esperava pela minha Bandida.

Meu celular tocou e na tela vi o nome do meu irmão, Benjamin. Resolvi ignorá-lo propositalmente, porque, quando ele ligou mais cedo e me perguntou o que eu faria no final de semana, acabei entregando que viria para cá e acompanhado, ainda por cima. O resultado foi que, desde então, ele vem me enchendo o saco, abusando e querendo saber mais sobre quem estava comigo.

— Vai foder sua mulher, Benjamin, e pare de me encher! — atendi em um rompante e, antes de desligar em sua cara, ainda pude ouvir sua risada ao fundo.

Desliguei o telefone no exato momento em que vi Ava vindo em minha direção; seus olhos nunca desviavam dos meus, enquanto sorria. Seu corpo dourado e perfeito estava coberto apenas por um biquíni e uma sainha branca minúscula, quase transparente, que deixava muito pouco para a imaginação. Os cabelos dourados estavam presos em um coque bagunçado e esperei ansioso que ela viesse até mim.

Quando isso aconteceu, puxei-a para o meu colo e beijei sua boca, que parecia não beijar há dias e não apenas há poucos minutos. Nossos lábios se saborearam sem pressa, de forma faminta e quase mágica. Apertei forte sua bunda redonda e meu membro enrijeceu rapidamente com apenas um beijo.

Como sempre safada, Ava se esfregou levemente contra mim, antes de afastar o suficiente parar olhar em meus olhos e perguntar provocativa:

— Você não cansa?

— De você? — Apertei sua bunda com vontade, demonstrando através do toque como me sentia: esfomeado. — Você está reclamando? — indaguei e sua boca se ergueu em um sorriso lento.

— Não. Por mim você pode acabar comigo, que, juro, não vou reclamar.

Filha da puta! Vou partir essa bandida em bandas para deixar de ser safada!

Estava preparado para fazer exatamente isso, quando o som de alguém limpando a garganta fez com que olhássemos para a origem dele.

— Desculpe, espero não ter atrapalhado nada.

Ai, cacete! Não podia acreditar nisso!

16
AVA

Levantei-me rapidamente ao me deparar com os olhos escuros de um homem lindo, alto e forte, que vestia apenas uma camiseta e bermuda. Olhando mais atentamente para quem sorria para nós, minha boca abriu em choque, porque, além de ser um pedaço de homem ou um pecado para falar a verdade, ele se parecia muito com Lorenzo.

Eles eram parentes? Só podia ser!

— O que você está fazendo aqui, Benjamin? — perguntou Lorenzo com sua voz grossa, nem um pouco satisfeito.

— Mais uma vez, me desculpe, irmão. Tentei te ligar para dizer que estava a caminho, mas você não me atendeu.

Eles eram mesmo irmãos! Nossa Senhora, que útero mais abençoado dessa mãe!

Lorenzo xingou baixinho, claramente puto, mas isso não fez com que seu irmão recuasse. Muito pelo contrário, ele veio andando até nós, com uma confiança e beleza que já era possível reconhecer ser de família.

— Meu nome é Benjamin Bernardi. Sou irmão do Lorenzo, muito prazer — cumprimentou-me, cavalheiro.

Fiquei um pouco sem graça quando retribui a saudação, pois pude sentir claramente seu olhar passar pelo meu corpo. Eu estava acostumada aos olhares dos homens. Porém, apesar da inspeção visual nem um pouco discreta, ainda assim não vi malícia no ato, era apenas como se fosse um mero reflexo.

— Muito prazer, Benjamin. Meu nome é Ava.

— O prazer é todo meu, Ava. Mas pode me chamar de Ben. — Ainda sem desviar os olhos de mim, ele sorriu gentilmente.

Eu era vaidosa desde cedo. Achava-me bonita, claro, afinal se não me achasse, quem faria? Cuidava-me, mantinha-me sempre arrumada, até porque adorava; e, como disse, estava acostumada a ser o motivo das pessoas me notarem, especialmente os homens. Mas confesso que a forma profunda que Benjamin me olhava, estava me deixando encabulada.

— O que veio fazer aqui, Ben? — Lorenzo perguntou, não escondendo nem um pouco sua insatisfação com a chegada do irmão.

— Você sabe, a Carla viajou com a mãe para fazer o enxoval da bebê e, como eu estava entediado em casa, resolvi dar uma sossegada na praia — enquanto se explicava, sentou-se na cadeira em frente à de Lorenzo, que bufou com sua resposta.

— Sei. — Ele não parecia nem um pouco convencido, mas em um ato possessivo me puxou de volta para o seu colo.

— Você vai ser papai? — Tentei ser educada quando perguntei, mas confesso que uma parte minha, grande parte dela, queria conhecer um pouco mais da família de Lorenzo.

— Sim. De uma linda princesinha. — Seus olhos se iluminaram. — Carla está grávida de quase sete meses. Estamos ansiosos pela chegada dela — confidenciou, antes de estender seu celular.

No aparelho, ele me mostrava uma foto da sua esposa, que era definitivamente uma mulher lindíssima. A fotografia me parecia ser daqueles books para gestantes e ela parecia feliz em ostentar sua barriga pequena e redonda.

Eu poderia não conhecê-los como casal, mas olhando a foto e a forma como falou sobre sua mulher, tinha certeza de que eram um casal que realmente se amavam.

— Sua esposa é linda. Parabéns pelo bebê! — fui sincera ao entregar seu celular e ele sorriu um sorriso de mil volts.

— Sim. Ela é. — O sorriso orgulhoso no seu rosto me deu a certeza de que eu estava certa e foi impossível não sorrir de volta.

Alguma coisa no amor que pude sentir ali me golpeou. Algo inesperado, que mexeu comigo de uma forma que talvez eu não estivesse preparada para sentir. Ou talvez apenas não quisesse enxergar. Mas ali, naquele momento, eu o invejei um pouco. Eu queria aquilo. Queria um amor assim. Queria ser amada de volta com tamanha loucura. Queria compartilhar da alegria que era ter um filho com alguém.

Logo eu, que há tanto tempo havia desistido dessas baboseiras, havia deixado de sonhar com esse conto de fadas, me via agora desejando isso tão rapidamente.

Rápida demais...

— Então, como se conheceram? Há quanto tempo estão juntos? — Seu interesse era genuino e, como se estivesse em casa e realmente estava, começou a beber da garrafa de água de coco que o irmão pedira antes da sua chegada.

— Ben... — A voz de Lorenzo saiu quase como um rosnado e achei que o melhor talvez fosse evitar uma briga entre os irmãos, por isso o impedi de cortá-lo como pretendia:

— É... Nos conhecemos há pouco tempo, alguns dias apenas. Conheci Lorenzo na cadeia.

No instante em que terminei de falar, foi que me dei conta de que talvez Lorenzo não quisesse que todos soubessem a verdade sobre nós. Que talvez não tenha sido uma boa ideia ser tão sincera assim. Tudo bem que eu não costumava ligar para a opinião alheia, mas isso de repente me pareceu um erro.

A reação de Benjamin também não ajudou em nada, pois ele cuspiu a bebida que estava em sua boca e nos encarou de olhos arregalados.

— Você está brincando, certo? — perguntou, olhando de mim para Lorenzo, esperando, acredito eu, que disséssemos que isso era brincadeira realmente.

Pensei em negar, mas já era tarde demais, ele já havia recebido sua confirmação. Havia sido um erro. Eu simplesmente não deveria ter aberto minha boca para lhe dizer nada. Deveria ter ficado calada.

— Eu estava na região e vi quando Ava estava sendo presa injustamente e resolvi saber o que havia acontecido — Lorenzo explicou e permaneci calada, olhando para o chão, sentindo-me intimidada.

— Sério? E o que houve? — Benjamin parecia realmente curioso.

— Ava é estilista. Tem uma loja de moda feminina, onde ela mesma desenha e produz suas roupas. Ela estava passando por essa loja, quando descobriu que estavam vendendo suas criações, como se fossem de outro estilista — Lorenzo começou a explicar, parecendo um pouco mais calmo.

— Puta merda! — Benjamin xingou. — E vocês conseguiram resolver a situação?

— Apresentamos todas as documentações que Ava tem, incluindo o registro dos croquis. Mas acredito que teremos que levar essa história adiante e deixar que a justiça resolva — continuou.

— E vocês descobriram quem está fazendo isso?

— Sim. Angélica Real — Lorenzo respondeu, não escondendo sua irritação.

— Ai, cacete! Isso vai ser bom! — Benjamin então simplesmente gargalhou, ganhando de volta minha atenção. *Oi?*

— Não entendi a graça, Benjamin! — Lorenzo resmungou, deixando-me ainda mais intrigada.

— Você ainda pergunta qual a graça, irmão? — Voltou a rir e Lorenzo estreitou os olhos para ele.

— Sou foda! Irei resolver isso sem problemas. Você sabe disso.

Eu estava meio perdida e me sentindo um pouco descolada naquela conversa que apenas os dois pareciam realmente entender. E não ajudou em nada ver Benjamin erguer sua sobrancelha e olhar para o irmão com certa ironia. Eu não era burra. Havia algo a mais ali, com certeza, e como tenho *desconfiômetro,* achei que era melhor dar um tempo para eles.

Com um pedido de licença, disse que iria até o quarto de minha mãe ver como ela estava e saí dali, com a intenção de deixá-los um pouco a sós e recuperar um pouco da confiança que eu tanto costumava me orgulhar de ter.

Havia dado apenas alguns passos quando ouvi um urro de dor. Virei-me rapidamente para ver que Benjamin era a origem do som, pois o mesmo estava com a mão no abdome, enquanto Lorenzo o encarava com seriedade e o maxilar trincado.

— O que houve?

— Nada — Lorenzo me respondeu, fazendo cara de paisagem.

— Cacete! Isso doeu! — Benjamin resmungou.

— Meu irmão aqui... — Lorenzo começou a dar tapinhas nada amigáveis em seu ombro enquanto continuou a falar: — está com gravidez psicológica. Disse que toda vez que o bebê chuta e sua mulher sente, que ele sente também.

Arqueei a sobrancelha desconfiada, mas ainda que estivesse achando tudo muito estranho resolvi não contestar. Voltei a andar em direção a casa e, quando Lorenzo achou que eu estava em uma distância segura, pude ouvi-lo praticamente rosnar para o irmão:

— Seu filho da puta! Se você olhar para a Ava ou qualquer parte dela desse jeito uma vez mais, juro que te quebro na porrada!

Deus! Era isso? Eita que o homem era brabo!

♥

Embora as dúvidas tenham permanecido na minha cabeça, o final de semana na praia foi maravilhoso. Eu adorava o mar, mas por causa do ritmo movimentado da minha vida, não tinha muito tempo de ir à praia e muito menos de levar a mamãe comigo.

Essa foi a parte que, sem dúvida, compensou todo o final de semana: ver a minha mãe feliz. Depois do AVC, ela havia deixado de sair de casa, não importava quanto eu tentasse, apenas negava e minha preocupação sempre foi que ela ficasse um pouco depressiva, por não conseguir e nem mesmo ter vontade de fazer as coisas que costumava fazer antes de adoecer.

Mesmo com meu desconforto inicial, Benjamin foi muito gentil. Ele ficou apenas durante o sábado conosco, mas não chegou a dormir na casa. Lorenzo disse que ele também tinha uma casa na região e que havia ido passar a noite nela, o que decerto lamentei, porque sua presença era realmente divertida.

Lorenzo também foi maravilhoso. A cada momento ao seu lado, podia ver o quanto estava adorando compartilhar daqueles momentos conosco. Mas quanto mais o tempo passava, mais difícil se tornava.

Havíamos combinado que partiríamos de volta para casa no final da tarde e com o avançar das horas, podia sentir meu coração cada vez mais apertadinho. Eu deveria ter transparecido em algum momento meu descontrole, porque, quando minha mãe pediu licença para terminar de arrumar suas coisas, Lorenzo chegou para mim e falou:

— Vem. Vamos dar uma volta.

Pegou-me pela mão e ao chegarmos à área da piscina, descemos as escadas que nos levava à praia. Deixamos nossos chinelos nos últimos degraus e seguimos andando à beira-mar. Minha cabeça girava, porque eu sabia que, de alguma forma, nosso futuro dependia da conversa que teríamos e eu não sabia se estava preparada para ela.

Estava nervosa. Nem mesmo a visão daquele pedaço de paraíso de águas cristalinas e areia branca estavam conseguindo me acalmar.

— Esse lugar é lindo — tentei quebrar o silêncio e isso, de alguma forma, o fez sorrir.

— Verdade.

Olhando-o, mais uma vez, fiquei admirada por sua beleza. Ele parecia preocupado, parecia saber que algo estava acontecendo. E estava. Mas ainda assim não forçou para que eu colocasse para fora como me sentia. Só não sabia se todo o turbilhão se passava apenas dentro de mim, ou dele também.

Seu olhar nunca deixou o meu, enquanto ele sorriu para mim. Mas seu sorriso, aquele sempre tão iluminado que aprendi a adorar, não alcançou seus olhos. Acariciando meu rosto, Lorenzo afirmou com uma voz profunda e rouca:

— Você é tão linda. Mas não consegue esconder quando alguma coisa lhe aflige.

Fechei os olhos e não disse nada, apenas continuei a desfrutar do seu carinho delicado e não demorei a sentir seus lábios nos meus. Lorenzo beijou-me com doçura, e o meu coração se apertou, ao mesmo tempo que uma enorme vontade de chorar me acometeu, o que fez com que eu me forçasse a afastá-lo.

— O que está acontecendo, Ava?

Virei meu rosto para o outro lado, antes de me distanciar ainda mais dele e voltei a andar, não querendo olhar para Lorenzo naquele momento. Eu apenas não podia.

— Nada. — Balancei a cabeça em negativa, em uma tentativa patética de prosseguir com uma mentira que nem mesmo eu acreditava.

Lorenzo bufou, antes de me puxar de volta para ele, forçando-me a não fugir dele.

— Eu sei que está acontecendo alguma coisa com você. Sei que algo está lhe afligindo e isso está acabando comigo. Por favor, me diga o que é — suplicou, aflito, ao mesmo tempo que contornava seus dedos pelo meu rosto.

— Nada. A semana foi cansativa. Tenho muita coisa para fazer. Muita coisa para processar.

— Sobre nós? — indagou, parecendo surpreso, como se não fosse possível que me sentisse dessa maneira.

— Também — tive que admitir e ele assentiu, afastando-se de mim, como se soubesse que eu precisava um pouco de distância.

— O que quer fazer? — perguntou hesitante.

— Não sei — admiti e ele suspirou profundamente, de maneira torturante.

— Acho que você precisa descobrir — Lorenzo voltou a falar depois de um tempo em silêncio.

— Eu acho que preciso de um tempo para isso.

17

LORENZO

A viagem de volta para a cidade foi extremamente silenciosa. Nem eu e nem Ava parecíamos querer falar. Até mesmo o som que Ava parecia ter mania de manipular o que ouviríamos, colocando aquelas suas músicas sempre barulhentas, parecia ter sido deixado de lado. Sua mãe pareceu perceber que as coisas não estavam bem, porque também não disse nada, tornando a viagem ainda mais torturante.

Parei o carro em frente à casa rosa shocking e o sentimento de incapacidade que sentia desde minha conversa com Ava horas antes, aumentou a níveis estratosféricos.

— Obrigada pelo final de semana, Lorenzo. Foi maravilhoso — dona Dinorá disse, simpática, e forcei um sorriso.

Embora estivesse receoso quando nos conhecemos, tenho que admitir que o final de semana havia trazido um grande progresso para nós. E eu estava feliz por isso. Ainda que não tivesse tanta certeza de que isso faria diferença dali em diante.

— Imagina, dona Dinorá. Foi um prazer estar com vocês — fui sincero.

— Esqueça o dona. Pode me chamar de Dina. — Beijou meu rosto e seguiu para dentro de casa, como se soubesse que precisávamos de um momento a sós.

Esse final de semana era para ser sobre nós. Eu queria estar mais tempo com Ava. Queria entender o que estava acontecendo conosco.

Sabia que Ava não iria se a mãe dela não fosse, mas foi ótimo estar em sua companhia também. Não apenas por ela ser uma pessoa gente fina, mas porque pude conhecer através dela um pouco mais da Ava.

— Obrigada — Ava falou parecendo sem jeito, quando parou em minha frente com sua mala de carrinho com estampa de oncinha.

— Não tem o que agradecer, Ava. Foi realmente um prazer estar com vocês. — Sorri e ela assentiu, tentando sorrir também. Tarefa esta que não teve êxito.

— Acho melhor eu entrar. Ainda tenho algumas coisas para fazer. — Eu sabia que ela estava tentando fugir e, por mais que não quisesse, atenderia seu pedido de lhe dar um tempo.

— Tudo bem. A gente se fala? — Tive que perguntar e ela concordou.

— Tchau, Lorenzo — se despediu, mas eu não deixaria que ela saísse assim.

Puxei seu corpo contra o meu, tomei sua boca na minha e sem pedir licença invadi-a com minha língua, beijando-a impiedosamente. Querendo lhe marcar. Querendo tirar tudo dela. Querendo com apenas um beijo, não deixá-la esquecer que eu estava esperando por ela.

Mesmo que não quisesse me soltar, terminei o beijo e com os olhos fechados, encostei minha testa na dela e ficamos assim por um tempo com a respiração entrecortada.

— Ava...

Pensei que talvez pudesse lhe dizer algo para que a fizesse mudar de ideia, mas ela apenas me cortou:

— Não, Lorenzo. Por favor. Eu preciso.

Respirei fundo e dei um passo para trás, me afastando dela como era seu desejo. Quando olhei para Ava, juro tê-la visto limpando uma lágrima que escorria pelo seu lindo rosto, mas logo tratou de desviar para que não a visse. Eu realmente não queria ter de dar um tempo. De certo modo compreendia que ela o quisesse, porque nem mesmo eu entendia ainda o que estava acontecendo. Mas ainda que minhas dúvidas fossem muitas, eu tinha uma única certeza: a de que queria estar com ela.

Mesmo que isso me incomodasse, que me emputecesse sobremaneira, tinha que aceitar sua escolha. Ainda assim, não gostava do que esse tempo me fazia sentir. Isso tudo mais me parecia uma despedida e a última coisa que eu queria era dizer adeus para essa mulher que havia mudado tudo dentro de mim.

Com mais um carinho em meu rosto e um beijo suave nos lábios, Ava finalmente me deu as costas e entrou em casa. Uma parte minha, aquela teimosa, mimada, que estava acostumada a ter tudo que queria e quando queria, pensou novamente em ir até ela. Mas eu não fui.

O "poeta" voltou e a única coisa que eu pensava enquanto dirigia em direção a minha casa era que Ava havia levado meu coração com ela.

Certeza eu não tinha, mas não duvido nada que minha noite seria embalada pelas músicas da Alcione!

♥

Os dias que se seguiram foram como o inferno na Terra para mim. Desde que a deixei em casa que não dormia direito. Tentei falar com ela no dia seguinte e no outro também e depois o outro, mas foi inútil. Ava simplesmente não atendia as minhas ligações.

Pensei seriamente em ir até seu trabalho ou sua casa e lhe dar uma surra de pica para acabar com essa merda de tempo, mas achei que talvez não fosse uma boa ideia fazer isso, embora minha mente tenha fantasiado coisas maravilhosas para se fazer. Eu também tinha receio, devo admitir. Tinha medo de que minha insensatez a afastasse ainda mais. Ela tinha pedido um tempo afinal de contas. Fora que eu iria parecer um maldito perseguidor e já me bastava ter essa sensação das bolas pregadas, um *stalking* não fazia o meu estilo, embora tenha sido bastante tentador.

Se as bolas pregadas fossem o maior dos meus problemas... O maior mesmo eram meus ovos, que parecim estar perto da gangrenarem, tamanha falta de uso!

Tirei os óculos de sol e coloquei-os sobre a mesa, antes de sentar-me à minha cadeira de trabalho. Não vinha conseguindo me concentrar em nada, porque simplesmente não era possível deixar de pensar nela.

Como minha cabeça não vinha funcionando direito, aproveitei para dar entrada no processo de Ava contra Angélica. O que de certo modo, pensar que estava ajudando-a, também estava amenizando a forma que me sentia.

Pensei em ir até ela, com a desculpa de lhe passar a documentação para assinar, mas como ainda não queria falar comigo, achei melhor enviar um funcionário que fazia esse tipo de serviço para mim. Por isso me limitei a enviar uma mensagem avisando sobre isso, para que ela não fosse pega de surpresa.

Esse foi basicamente o único "sinal de vida" que eu tive seu. Quando o *office boy* chegou, acabei deixando-o assustado com as perguntas sobre ela. Mas, obviamente, não obtive as respostas que queria. Não quando a única pessoa que poderia dá-las a mim se mantinha em silêncio.

Ava ao menos enviou tudo assinado e juntamente com as cópias dos seus documentos que eu tinha pedido em um envelope e nele havia pregado um bilhete que me chamou a atenção. Na parte da frente dizia em letras garrafais: NÃO ABRA ANTES DE LER.

Cada vez mais intrigado e ansioso, virei a folha onde vi a caligrafia que me era tão familiar, porque, desde o recado deixado de batom no meu espelho, eu o lia todos os dias.

"Lorenzo,

Segue os documentos que pediu. Antes de você abrir, quero te lembrar que já sofri todo o bullying que podia, então não quero gracinha.

A propósito. Preciso de um advogado para resolver esse meu problema, você me indica um?

Ava."

Ava? Ela assinou apenas Ava? Sem beijos? Sem nada?

E que porra de história é essa de bullying e ela precisar de um advogado para isso?

Eu não estava entendendo nada. E isso estava me irritando profundamente. Mas no momento em que abri aquele envelope e vi o que tinha ali, tudo fez sentido para mim.

— Puta que pariu! Isso só pode ser brincadeira! — falei para mim mesmo e fiz uma coisa que não fazia desde que a deixei: comecei a gargalhar.

Meu Deus! Coitada da minha Bandida!

♥

Bateram na porta com um estrondo e me vi prestes a gritar com a coitada da minha secretária, que já havia gritado umas três vezes apenas naquela semana e desde então tem se escondido com medo de mim nos últimos dias, no entanto não foi ela que passou pela porta quando a abriu.

Por ela passaram meus nada bem-vindos irmãos, que sorriam irritantemente para mim.

— Olha a carinha dele. Eu precisava ver isso pessoalmente para saber se isso era realmente real — o idiota do Antony falou, enquanto Benjamin ria da sua piadinha.

Não tinha dúvidas de que Benjamin era fofoqueiro, aquele língua de candinha, havia falado de mim e da Ava para o nosso irmão, que também era outro desocupado, que gostava de se meter na vida dos outros. Não deveria nem estar surpreso, óbvio que ele contaria tudo para o outro. Éramos diferentes de muitas maneiras, mas, apesar de serem mais velhos que eu, nós três sempre fomos muito unidos.

Admito que pensei uma e outra vez em chamar os dois para conversar e contar sobre o que estava acontecendo, mas quis evitar o sarro que tirariam de mim. E bem, acho que chegou a hora do deboche.

— Queria você ter essa carinha linda aqui — resmunguei e eles riram, vindo me cumprimentar.

— É impressão minha ou você está na merda? — Foi a vez de Ben perguntar.

— Não é impressão. Estou uma bosta mesmo — admiti, porque não tinha como esconder mesmo. E nem queria.

— Problemas no paraíso? — Ben perguntou, com uma careta, quando notou que eu não brincava.

— Sim. Na verdade, nem sei o que fazer agora — bufei, não gostando nem um pouco de me sentir assim.

— O que houve com a sua Bandida? — Antony perguntou e me virei para Ben de cara fechada.

— Sério? Até o apelido que lhe dei você contou?

Ele deu de ombros, nem um pouco arrependido.

— E todos os atributos também. — Antony fez gesto com as mãos indicando os seios e o corpo voluptuoso de Ava e rosnei. — Não tem uma foto da minha cunhada de biquíni aí? Preciso conferir.

Não pensei duas vezes antes de jogar nele um enfeite decorativo que havia na mesa pela ousadia e, em seguida, joguei um cinzeiro no Ben, por ser cara de pau e ter contado detalhes sobre minha mulher.

— Eu acho bom você não repetir isso novamente, porque da próxima vez ligo para a Olívia e tenho certeza de que você dormirá na casa do cachorro! — ameacei e ele levantou as mãos em rendição, sabia que eu estava falando sério e ficou nitidamente com medo da minha ameaça.

Não era à toa que o mais velho dos meus irmãos tinha medo, porque minha cunhada era definitivamente osso duro de roer. Na verdade, as duas não eram nada fáceis e eu costumava me divertir com isso. Embora começasse a acreditar em carma.

Antony sempre fora todo certinho, enquanto Ben era o que sempre perdia a linha de nós três. Mas não adiantava nada tentar se enganar, ele era um mulherengo filho da mãe antes do casamento.

Enquanto Ben e eu éramos os tipos de pegadores "populares", pois pegávamos as mulheres e não tínhamos por que esconder, Tony era o que minha mãe costumava chamar de "come quieto" e em muitas ocasiões recebera as piores pragas que uma mãe podia fazer contra um filho.

Se isso foi o suficiente para pará-lo? Jamais. O filho da mãe já chegou a ter quatro namoradas de uma só vez e ainda por cima conseguia dar conta de todas elas sem nenhum incidente. Nem mesmo dizia precisar de uma *ajudinha azul.* Ao menos era disso que ele costumava se gabar.

Inclusive, Tony conseguiu levar por dois anos, duas dessas namoradas, sem que soubessem uma da outra. Elas só descobriram porque ele quis assim, pois ficou completamente de quatro pela Olívia, sua atual esposa, quando a conheceu no baile e por semanas tentou fazer com que ela ficasse com ele, ou ao menos o levasse a sério.

— Fala logo. O que houve? — Ben voltou a perguntar.

— Ava pediu um tempo.

— Xiiii... — disseram em uníssono, enquanto trocavam olhares entre si.

— Xiiii, o caralho! — resmunguei, antes de me levantar e andar de um lado ao outro, enquanto prosseguia: — Eu não entendo, sabe? Tudo bem, talvez eu entenda. Mas por que ela precisa da porra de um tempo? — indaguei não sabia para quem.

— Complicado. Mas para que possamos entender melhor o que está acontecendo, posso fazer algumas perguntas? — Antony indagou, genuinamente interessado.

— Pode.

— Vocês se conheceram há apenas alguns dias, né?

Assenti.

— E você sente a falta dela?

— Claro! — respondi o óbvio.

— Pensa em ir atrás dela, nem que seja para que ela bata a porta na sua cara? — Foi a vez do Ben perguntar.

— Sim. — Dei de ombros.

— Você se sente como se estivesse em uma música de Jorge e Mateus?

— Ben continuou a sessão de perguntas estranhas.

— Como assim em uma música de Jorge e Mateus? — estava confuso quando lhe perguntei; e, sorrindo, Benjamin simplesmente se levantou e pegou o controle remoto da televisão que estava na mesa antes de começar a cantar de modo nada afinado:

"Tudo se perde, se transforma, se ninguém te vê
Eu busco às vezes nos detalhes encontrar você
O tempo já não passa, só anda pra trás
Me perco nessa estrada, não aguento mais..."

Ai, caralho! Eu merecia!

— Ou em uma música do Luan Santana? — Tony continuou a brincadeira, antes de se levantar e começar a cantar também:

"Me apaixonei, perdidamente
E o que eu sei, é que daqui pra frente
Vai ser nossa cidade, nosso telefone
Nosso endereço, nosso apartamento..."

Apaixonado? Eu estava mesmo apaixonado?

Eu sabia que, definitivamente, sentia algo forte por Ava. Algo tão forte, que eu não sabia definir, ou nomear. Talvez não fosse possível conseguir tal tarefa por ser novo para mim e um pouco assustador. Pouco não. Muito assustador mesmo. Mas, apesar do medo bobo, era exatamente assim que me sentia quando se tratava de Ava.

— Sim — admiti, fazendo com que os dois ficassem em silêncio.

Sim. Isso era definitivamente inédito!

— Ok. Isso foi inesperado. Você acabou de cortar meu barato, tinha preparado um grande repertório de músicas para que você admitisse isso. Não achei que fosse ser tão rápido. — Benjamin parecia realmente surpreso.

— Isso é triste, Ben, eu havia ensaiado aquela música de Sandy e Junior por horas. — Tony pareceu desolado.

Eles eram idiotas. Isso era oficial!

— Que música? — quando terminei de perguntar, me arrependi no mesmo minuto, pois Tony desatou a cantar:

"Meu coração
Bate ligeiramente apertado
Ligeiramente machucado
Caiu tão fundo nessa emoção"

Ai, meu caralho de asas! Tinha vergonha desses dois!

Ninguém merecia passar por essa provação na vida. Antony cantou a música toda e, ainda por cima, com direito a segunda voz de Benjamin. Nunca vi nada mais tosco e bizarro nessa vida. Minha sorte era que, apesar de estar sofrendo pela primeira vez por amor, ainda assim não era uma pessoa que deixava de aproveitar as oportunidades que a vida nos presenteia. Por isso que eu havia gravado a cantoria e eles me pagariam por isso pelo resto da vida.

Mas falando sério. Eu deveria ter sido muito escroto em outra vida para merecer esses dois carmas na atual!

— Eu sei que vocês estão adorando colocar o lado Adele, meio Ney Matogrosso e bem gay para fora, mas dá para parar? — resmunguei.

— Ok. — Se renderam, parecendo muito orgulhosos de si mesmos.

Os dois finalmente pararam o showzinho e voltaram a se sentar à mesa. Olhando para eles, tão impecáveis em seus ternos italianos, nem mesmo parecia que tinham acabado de me envergonhar completamente.

— Então... — Tony começou e levantei a sobrancelha o encarando.

— Então? — Esperei que prosseguisse.

— Seu diagnóstico é definitivo, irmão. — Sua cara era séria quando disse isso.

— Diagnóstico?

— Sim. Lamento informar, mas você sofreu uma *Chave de Boceta* — Ben falou e tive que rir.

— Você já era! — o outro disse.

— Ela te deu chá de calcinha — Ben reiterou.

— Acho que esse é um bem-vindo ao clube — disse Antony sorrindo, antes de estender a mão para mim.

— Que clube? — indaguei, apertando sua mão de volta mesmo que ainda estivesse confuso.

— Ao Clube dos Homens domados por suas mulheres! — a resposta veio em uníssono.

Era uma porra, mas eles definitivamente tinham razão! Aquela bandida me pegou pelas bolas e eu estava domado!

18
AVA

Semana infernal. De merda. Estressante. Dias de fogo na pepeca. Só de pensar que, com apenas uma ligação eu poderia apagar esse fogo rapidinho, dava vontade de me depilar toda de pinça. Mas, apesar da enorme e louca vontade de ir atrás do que, ou melhor, quem eu realmente queria, uma parte minha permanecia querendo se resguardar.

Estava desestimulada para tudo. Não consegui fazer trabalho algum, embora estivesse precisando desesperadamente ganhar dinheiro, porque a situação estava foda e com tudo aumentando: desde o carretel de linha à passagem de ônibus e as tarifas de energia.

Eu estava ignorando as mensagens de Lorenzo de propósito. Sabia que se caísse na besteira de atender não demoraria a estar com ele e eu já havia chegado à conclusão de que fazer isso só faria com que eu me fodesse. E não no sentido literal, apenas metafórico. O que, convenhamos, era uma pena quando se tem alguém com aquele nível de gostosura e aquela estrutura "paulística".

Ah, Ava G.! Pare de pensar no Mr. Pau!

Sério. Eu estava com problema. Só podia. Nunca, realmente nunca, um homem havia me deixado assim, tão fora de mim. E quando se sente dessa maneira, não existia nada mais difícil do que terminar com alguém. Se é que eu podia dizer que tínhamos alguma coisa. Mas, enfim, era difícil, principalmente quando era alguém que gostava com toda minha força. E o mais difícil mesmo era continuar acabada nos dias seguintes.

Eu não me reconhecia mais. Parecia até mesmo outra pessoa. Estava tentando seguir em frente, voltar a minha rotina normal. Com a minha vida normal. Mas quem disse que conseguia depois de passar por ele?

Eu sabia que tinha males que vinha para o bem, mas o problema era que Lorenzo era bom demais e eu o queria na minha cama!

— Não sabia que tinha apertado o botão de "mudo". Por que você está tão quieta? — Marcelo perguntou.

Estava conversando com ele em frente ao portão da minha casa e, pela milionésima vez naquela semana, eu havia divagado enquanto conversava comigo.

— Desculpa, Mouse. Continue. — Suspirei, tentando prestar atenção no que falava.

— Então, como eu ia dizendo, você só teria de ir comigo.

Estreitei meus olhos para ele, enquanto cruzava os braços sobre meus seios, o que fez com que olhasse para o meu decote descaradamente.

— Minha cara está aqui, Marcelo. Pode parar de safadeza, senão vou dar na sua cara — ameacei e ele levantou os braços em rendição.

— Não me culpe por isso. Eles me chamam. MAR-CE-LO — disse com um sorriso maroto e eu bufei.

Eu devo ter feito churrasco com a última vaca da arca de Noé para merecer certas coisas!

— Chamam uma porra! Marcelo, desista. Abandona essa encarnação e tenta a sorte na próxima! — Embora tenha dito isso de maneira nada amigável, ainda assim ele riu.

— Sempre tão meiga. Mas grossa na mesma intensidade.

— Ainda bem que você sabe. — Olhei para ele e sorri com ironia.

— Então, sábado? — voltou a perguntar e suspirei.

— Tudo bem. Sábado, Marcelo. — Me dei por vencida e ele sorriu, um sorriso enorme no rosto.

— Valeu! Eu já disse que te amo? — perguntou e foi minha vez de dar o dedo do meio para ele.

— Você sabe onde enfiar esse "eu te amo". — O sarcasmo escorria em minha voz, enquanto dava as costas para ele.

— Pode esperar, que um dia eu vou te reconquistar, Deusa! — gritou e nem ao menos me dei ao trabalho de virar para lhe responder:

— Errar é humano, mas insistir no ex é burrice! Vou esperar sentada... Mas vai ser em outro, Marcelo!

♥

No dia seguinte, recebi a belíssima informação do meu mecânico que havia mais um problema no meu carro e por isso o custo já astronômico do conserto, tornara-se obsceno. A menina que trabalhava comigo até então não se recuperara de todos os lugares perturbadores que mandei o mecânico ir. Sério. Situação russa era apelido. Eu estava mais para Faixa de Gaza.

Oh, Deus! Faltava muito para chegar o dia em que vou estar em Ibiza, milionária, com vários gatos gostosos a minha volta, me abanando e sendo alimentada por eles com uvas na boca?

Tomei um porre de *milkshake* depois da ligação e quando fiz as contas vi que teria que vender meu carro para um ferro velho para pagar o que devia e ainda assim sairia devendo. Não costumava me deixar abalar, afinal, já havia passado por momentos difíceis antes, ainda assim estava tão emotiva, que me abri para a menina que trabalhava comigo. Ela me disse que eu precisava era me benzer, que eu estava com muito olho gordo.

Alguns chamavam de inferno astral, eu chamava de rotina! Já pode parar, né, vida bandida? Tá bom já! Cansei de ser pobre todo dia, queria ser só de vez em quando!

Lorenzo não parou de me mandar mensagem e eu? Continuei fingindo que não via. No dia seguinte, à nossa volta, ele havia mandado uma mensagem me chamando para um evento da sua família, mas se eu já achava que as coisas entre nós seriam um erro, ir a esse evento com ele com certeza seria um daqueles épicos.

Havia decidido ir com Marcelo ao maldito evento do patrocinador do seu time e por causa disso tinha passado os últimos dois dias fazendo alterações em um vestido de festa que tinha feito para a loja. Eu normalmente os fazia com as minhas medidas e não havia muito tempo que o costurei, mas minhas overdoses de *mikshake* deveriam ter me engordado um pouco, ou melhor, engordou minha bunda, porque ele resolveu não caber, só para me dar um pouco mais de trabalho.

Marquei com ele para me pegar às nove da noite, eram oito e eu ainda estava na loja, terminando de organizar o estoque. Ou seja: estava atrasada.

Dizem que a força do pensamento positivo ajuda a materializarmos sonhos então não custa nada tentar: preciso pagar minhas contas, caber no vestido daqui a pouco e daqueles pares de sapatos, que estou me segurando para não comprar, porque estou mais lisa do que pau de sebo!

Fechei a loja e me despedi da minha funcionária, peguei meu telefone e avisei minha mãe que já estava indo, mas, quando estava prestes a sair, dei de cara com Lorenzo. Meu coração foi parar na boca. Quase tive uma insuficiência cardíaca completa ao olhar aquele homem todo diante de mim.

Ai, Jesus! Cadê o absorvente de maracujá para acalmar a pepeca quando a gente mais necessita?

— Ao menos agora eu sei que seu telefone não está quebrado — seu comentário foi acompanhado de uma cara feia, que nada tinha de feiura.

— Er... Oi. — Estava sem graça, por isso ajeitei a alça da bolsa em uma tentativa de demonstrar uma normalidade que estava longe de sentir.

— Eu te mandei mensagens.

— Eu sei — admiti.

— Eu te liguei... Eu...

— Lorenzo, por favor... — tive que cortá-lo, porque precisava e engoli sem seco, tentando manter-me firme. — Não sei se estou preparada ainda para conversar com você. — Olhava para tudo, menos para ele enquanto dizia aquilo.

— Por quê? — Sua voz soou baixa quando perguntou, o que inevitavelmente me fez olhar para ele.

— Porque não.

— Ava, estou há dias sendo ignorado por você e ainda assim estou aqui. Sabe com quantas mulheres eu fiz isso? — Seu tom subiu alguns tons, deixando-me chocada.

Mas o quê? Sério que ele me disse isso?

— Antes de tudo, gostaria de deixar algo bem claro: não sou tuas negas! E outra, não pedi que ficasse atrás de mim. Nunca disse para parar sua vida por minha causa. — Foi a minha vez de levantar a voz.

— Está vendo isso? — Apontou para nós dois. — Nem sei por que estamos brigando. Está claro para mim que precisamos conversar.

Eu queria. Queria mesmo, mas sabia que era um erro.

— Por favor, outro dia. Eu tenho mesmo que ir, Lorenzo. Tenho um compromisso. — Precisava sair dali o quanto antes.

— Que compromisso? — Sua pergunta me fez erguer a sobrancelha.

— Vou ajudar um amigo com uma coisa — me limitei a responder, porque, com certeza, dizer que estaria com o Marcelo não ajudaria em nada a nossa situação já complicada.

— Tudo bem. Você quem sabe. — Apesar de concordar, ele parecia derrotado, o que me partia o coração.

— Estou realmente atrasada. Ainda tenho que ir para casa. — Precisava mesmo ir, embora não quisesse me despedir.

— Posso te dar uma carona — ofereceu, esperançoso.

— Eu não acho que isso seja uma boa ideia. — Fiz uma careta e ele concordou.

— Ou pode ser uma ideia boa demais. — Sorriu malicioso e tive que rir, porque estava com saudades de como éramos juntos.

Sangue de Jesus tem poder! Me dá forças, porque eu queria era dar!

— Tchau, Lorenzo.

— Tchau, Ava. Se cuida e qualquer coisa me liga.

Era um "se cuida" com sabor de "queria cuidar de você", que quase me fez dar o braço a torcer. Mas o melhor era não deixar isso acontecer. Reunindo toda minha força virei as costas para ele pela segunda vez aquela semana.

♥

Depois que cheguei em casa, não me permiti pensar muito sobre nosso breve encontro. Não tinha tempo para isso, tinha que me arrumar. Fiz uma maquiagem rápida e com a ajuda de minha mãe, vesti o vestido preto de mangas rendadas e duas fendas laterais.

Meus saltos de sempre estavam presentes, bem como o batom vermelho, mas, de alguma forma, eu me sentia diferente... me sentia estranha.

— Você está linda, minha deusa — Marcelo disse com os olhos brilhando assim que me viu.

Isso me fez sorrir. Não pelo elogio em si, mas porque não sabia por que o elogio de Marcelo me trouxe uma naturalidade que eu achava precisar ter naquele momento. E assim consegui respirar um pouco mais fundo antes de irmos.

A festa que íamos ficava em uma zona nobre da cidade. Eu não sabia muito sobre o evento, a não ser que era beneficente. E sinceramente? Não me interessava, afinal eu estava fazendo isso por um amigo.

Sempre fui uma pessoa festeira. Tem festa que a gente vai e pode encher a cara, vomitar, fazer bafão, beijar oito pessoas e ainda sair carregado. Geralmente as que são assim são festas de verdade, porque ali todo mundo está querendo se divertir. Querendo ir até o chão. O fígado pede falência, seu nome fica comentado por meses e depois de vinte anos você ainda se lembrará do festejo.

Como a do meu aniversário de quinze anos, que eu, Marcelo e a Bianca amanhecemos o dia cantando e dançando *Livin' La Vida Loca*[7] em pleno Estádio Municipal, depois de bebermos apenas uma garrafa de Corote dividida para nós três. Até hoje não sei como conseguimos entrar lá. E acho que nunca vou saber.

Mas, quando se frequenta uma festa *business*, a história é outra. E embora estivesse com uma vontade louca de compartilhar meus problemas com a vodca, eu definitivamente tinha que me comportar. Marcelo estava aqui por causa de trabalho e se eu também quisesse conseguir alguma cliente, tinha que andar na linha.

Chegamos ao local do evento e na hora em que Marcelo parou o carro, um guardador uniformizado se aproximou e, após abrir as portas para mim, pegou as chaves do veículo. O lugar era um hotel lindíssimo e chiquérrimo. Mais uma vez, esse fato me fez lembrar de Lorenzo e o quanto eu parecia estar tão distante dessa realidade. Engoli em seco com esse pensamento.

Para de pensar nele, Ava! Apenas para!

— *Simbora.* — Mouse segurou meu braço e eu sorri, acompanhando-o para dentro.

O lugar tinha uma beleza clássica e luxuosa. E os convidados chegavam, todos muito bem-vestidos e elegantes com seus smokings, enquanto as mulheres arrasavam com seus vestidos exuberantes de grife e obscenas joias caríssimas. Fomos recepcionados por uma funcionária também bem-vestida, que disse que nos acompanharia até nossa mesa, mas assim que passamos pela porta do salão, vi algo que me fez parar.

— Isso só pode ser brincadeira — murmurei para mim mesma.

Vida, que você não estava fácil pra ninguém, eu já sabia, mas comigo tu já está tirando!

---

7 Livin' La Vida Loca – Rick Martin

19
AVA

Estar em um lugar que me fazia sentir deslocada, já era intimidador. E estar em um lugar assim e se deparar com o cara por quem não queria admitir estar apaixonada, era complicado. Mas dar de cara com ele e a mulher que você não tão secretamente odiava, era pra acabar.

Era um pesadelo. Um pesadelo que eu não via a hora de acordar e mandar aquele Exu de volta para as trevas!

Não sabia o que pensar. Talvez nem quisesse fazer isso, para que a decepção que sentia não fosse tão dolorosa quanto estava sendo. Já havia sido magoada antes. Havia me decepcionado com alguém que acreditava gostar de mim. Mas a decepção que eu sentia naquele instante era ainda mais amarga e dolorosa do que fora um dia.

Sério, vida, essa coisa de me testar já está ficando chata!

— Está tudo bem? — Marcelo me tirou do transe e foi quando percebi estar parada, olhando para o casalzinho que parecia cumprimentar algumas pessoas.

— Sim. Er... Só preciso de um pouco de ar. Não me senti bem hoje — menti, começando a sentir realmente o ar me faltar.

— Tem um jardim de inverno logo ali. Vou lá com você.

Neguei prontamente.

— Não precisa. Você tem de cumprimentar seus chefes. — Sorri para ele, que, embora parecesse estar prestes a me desobedecer, se limitou em assentir.

Enquanto seguia pelo caminho que Marcelo me indicou, me senti mal por estar deixando-o sozinho, quando o propósito de vir essa noite era justamente lhe fazer companhia. Eu disse para mim mesma que iria para aquele jardim apenas respirar fundo e, depois de me recuperar do baque que havia sido ver Lorenzo com a *Angelivaca,* eu faria meu papel.

Olhando para o extenso jardim, repleto de flores e plantas, resfoleguei, tentando encontrar forças, tentando entender o misto de sentimentos que se formavam dentro de mim.

— Está tudo bem? — uma voz feminina e gentil perguntou.

Virei para deparar-me com uma mulher linda, bem-vestida e com uma discreta barriga de grávida. Reconheci-a de imediato, embora não a conhecesse pessoalmente. Era Carla, esposa de Benjamin, irmão de Lorenzo. Limpei as lágrimas que nem havia percebido estar derramando, enquanto tornava a respirar.

— Está sim — obriguei-me a responder e forcei um sorriso.

— Você é a Ava, não é?

Assenti.

— Meu nome é Carla, eu sou...

— Esposa do Benjamin — completei e seu sorriso cresceu. — Ele me mostrou uma foto sua e falou muito sobre você e a bebê. — Seus olhos se iluminaram, mas logo assumia uma a expressão preocupada.

— Eu vim aqui porque queria muito te conhecer. Benjamin me apontou você, assim que passou pela porta. Ele acenou, mas acho que você não viu, pois seus olhos estavam em outra pessoa — disse, me deixando sem jeito.

— Er... Desculpe-me. Peça desculpas a Benjamin por mim, por favor. Não foi minha intenção.

Ela sorriu, compreensiva.

— Eu sei. Ele também sabe. Na verdade, vim aqui justamente para lhe dizer para não ficar assim. — Pegou na minha mão enquanto falava, não consegui fazer nada além de assentir.

Achei que não poderia e nem conseguiria dizer nada, mas quando dei por mim, colocava tudo para fora:

— Ele foi atrás de mim antes de vir para cá. Não achei que fosse vê-lo. E, definitivamente, não estava preparada para ver essa cena.

Carla concordou, enquanto limpava uma lágrima minha que havia escapado.

Meu Deus! Eu nem acreditava que estava chorando pitangas com uma desconhecida! E que desconhecida? A própria cunhada do maldito!

— Se te serve de consolo, não apenas eu, mas até mesmo o Ben achamos esquisito que o Lolo aparecesse com ela.

Eu não disse nada e ela me puxou para sentar em um banco, antes de continuar:

— Há uma "lenda" na família Bernardi que meu marido e os irmãos chamam de "A Maldição dos Bernardi"s", que fala que os acompanhantes dos membros da família nesse baile às vésperas de se completar trinta anos, se casarão — segredou e desatei a rir.

Ela não estava falando sério. Estava?

— Você está brincando, não é? — perguntei, quando vi que ela não riu.

— Eu achei que era pura lenda mesmo, mas aconteceu com todos eles. Inclusive com Ben. Eu fui sua acompanhante. — Deu de ombros, deixando-me de boca aberta. — Mas a questão que eu quero que foque é a seguinte: minha sogra tentou fazer com que Lorenzo viesse para a festa com a vaca da Angélica. — Ela fez uma careta. — Já te contei que não gosto dela?

Acenei que não.

— Ah, minha filha! A fama dela de boqueteira, corre longe! Eu não acho que tenha algum homem abaixo dos 40 nessa festa que ela não tenha se engasgado com eles!

Fiz uma careta. Definitivamente, eu não precisava dessa informação.

— Voltando... A questão é que, desde o início, Lorenzo disse que não viria com ela. Até mesmo minha sogra já sabia sobre você e estava ansiosa para te conhecer hoje.

— Lorenzo me convidou para uma festa, mas eu não sabia que era essa — admiti, admirada com a coincidência das coisas.

— Pois é. Mas, como eu ia dizendo, essa história de Lorenzo estar posando ao lado da *Angélica Boqueirão* está muito estranha. Por que ele viria com ela, quando nunca quis vir? Ele, inclusive, deu entrada no seu processo contra a vadia esta tarde. Está entendendo?

Isso fazia sentido. Mas, ainda assim, eu não podia afirmar nada.

— Não sei... Eu...

— Acorda, menina! Não tá vendo que onde há fedor, há fogo.

Franzi o cenho.

— Você quer dizer, onde há fumaça, há fogo?

— Não. Quero dizer merda mesmo. Já disse que não gosto dela? —

perguntou novamente, me fazendo rir. — Você realmente não viu a cara dele quando te viu, né?

Neguei de pronto.

— Para quem passou os últimos anos rogando praga para o cunhado galinha, tenho que dizer: foi épica.

Não pude conter a gargalhada. Eu havia adorado a Carla. Embora eu tivesse conhecido ela há pouco, parecia ser uma pessoa ímpar. Não podia nem mesmo colocar em palavras o quanto estava agradecida pelo que estava fazendo por mim e nem mesmo parecia saber.

— Obrigada. — Vi-me abraçando-a e ela retribuiu.

— Não tem o que agradecer. — Sorriu para mim quando nos afastamos. — Ben disse que você é estilista. Foi você quem desenhou esse vestido?

Concordei.

— Minha nossa! Preciso ir até sua loja — falou, realmente admirada.

— Claro. Vai ser um prazer.

— Carla? — Ben apareceu em nossa frente. — Ah! Oi, Ava. Tudo bom? — Ele veio me cumprimentar e eu me levantei para fazer o mesmo.

— Tudo sim, Ben.

— A Carla já veio te tietar? — perguntou como se fosse uma piada particular e ela bateu no ombro do marido, embora também estivesse rindo.

— Me tietar? — Não havia entendido.

— Sim. Vamos apenas dizer que você acabou fazendo fãs na família — Carla explicou me deixando sem jeito e chocada. — Todo mundo vai adorar te conhecer — falou simplesmente e tratei de negar enfaticamente.

— Não. Não. Acho melhor não — continuei a negar. — Eu só vou ficar um pouco, por causa do meu amigo, e já vou para casa.

Foi a vez deles discordarem.

— Não mesmo! Você não vai sair daqui sem mostrar para a *Angélica Boqueirão* quem é que manda no pau do meu cunhado! — Carla falou simplesmente e Ben olhou com uma careta para a esposa.

— Ei. Não fale do pau do meu irmão. Isso não é legal! — repreendeu-a, quase como se estivesse enojado.

— Foca na *situation,* Benjamin Bernardi. — Estalou os dedos para ele, que revirava os olhos. — O que importa aqui é darmos uma lição naquela vaca.

— Não sei se é uma boa ideia — falei receosa.

— Não é boa ideia, é ótima! — a grávida voltou a argumentar e olhei para Ben à procura de ajuda.

— Não sei, Cá. — Ben também parecia tão receoso quanto eu, mas bastou um olhar dela para que mudasse de ideia e falasse: — Ok. Tudo bem.

— Bom menino, marido. — Acariciou seu rosto, antes de se virar para mim: — O medo do Ben não é nem um tersol que posso rogar praga para ele, aquela lenda de grávida sabe? Os Bernardi's são homens espertos, mas são de raça. Não importa o quanto eles sejam cachorros, porque, com a *boboca* certa, eles ficam adestrados.

Ai, Jesus! Ela era louca! Por que eu achava que isso não daria certo?

♥

Já que eu havia decidido ficar um pouco mais para me torturar, pedi licença e fui fazer companhia para o Marcelo, afinal de contas tinha ido para festa para estar com ele. Benjamin e Carla foram cumprimentar mais algumas pessoas e disseram que viriam falar comigo assim que o plano desse certo.

— Está melhor? — Marcelo perguntou, assim que parei ao seu lado e sorri.

— Sim. Desculpe por isso — tentei me redimir, porque realmente estava sem jeito de tê-lo deixado sozinho.

— Sem problemas. — Ele me entregou uma taça de champanhe e a peguei, mas, enquanto dávamos o primeiro gole, ele parecia incomodado com a gravata. — Isso é um saco — afirmou, me fazendo rir.

— Imagino que sim. Mas são ossos do ofício. — Levantei a taça para ele, enquanto voltávamos a olhar o salão ao redor.

Eu não estava vendo Lorenzo e isso me indomodava mais do que deveria. Não queria pensar onde estava. E muito menos fazendo o quê.

— Eles são estranhos, né? Não importa quantas festas eu frequente, isso tudo ainda é estranho pra cacete para mim. — Apontando com o queixo para o salão ao nosso redor, fiz o meu melhor para entendê-lo.

— Tanto luxo, beleza, glamour. Milhões nas contas bancárias. Eu acho que é estranho para nós, que viemos de um mundo diferente do deles.

Quando terminei de falar, meus olhos encontraram com os de Lorenzo e meu coração estúpido bateu descompassado. Não adiantava negar, ele estava ainda mais lindo trajando seu smoking preto. E a forma séria e profunda que me encarava, me deixou ligeiramente desconcertada, o que me forçou a desviar o olhar.

Foi nesse instante que o chefe de Marcelo, um ex-jogador de futebol famoso em sua época, se aproximou da gente, acompanhado de um casal de coroas e agradeci por isso. Ambos sorriram ao nos verem, me fazendo esquecer o que me desconcertara e voltar a exibir meu melhor sorriso.

— Boa noite! — dissemos em uníssono.

— Esse aqui é o Marcelo Mouse que eu lhe disse, Ricardo. Marcelo, esse é nosso patrocinador e também anfitrião — o chefe de Mouse o apresentou, orgulhoso, fazendo-me sentir da mesma maneira pelo meu velho amigo.

— Prazer, Marcelo — o senhor charmoso e sorridente o cumprimentou, com bastante entusiasmo.

— O prazer é todo meu, doutor Ricardo — Mouse parece ainda mais animado enquanto apertava sua mão.

— Essa é minha esposa, Marta — apresentou a senhora ao seu lado, que ainda sorria de modo gentil e também estendeu sua mão para saudá-lo.

Ela era linda. Elegante, com um sorriso simpático. Exuberante como poucas que já conheci.

— É um prazer conhecê-la, dona Marta — Mouse retribuiu o cumprimento, com um beijo cavalheiro em sua mão.

— E quem é essa moça linda? — ela perguntou, antes de se virar para mim.

— Essa é minha amiga Ava. — Sorriu para eles.

Foi quando aconteceu uma coisa estranha. No momento em que meu nome foi dito, os dois se entreolharam e me olharam com interesse genuíno.

O que foi isso? Meu dente estava sujo de batom?

— Seu nome é Ava? — Marta pareceu querer ter certeza, o que só reafirmou para mim que realmente havia algo ali.

— Sim. Ava Silva, senhora.

Quando os dois voltaram a trocar olhares, tive certeza que, de alguma forma, eles sabiam quem eu era. Mas como isso poderia ser possível?

— Er... Prazer conhecê-la, Ava. — Ela se forçou a sorrir, embora agora via uma coisa diferente brilhando em seu olhar. — Meu nome é Marta. Marta Bernardi.

Ai, minha Nossa Senhora das Bicicletinhas! Eu tinha acabado de conhecer os pais de Lorenzo!

♥

Apesar deles terem sido supersimpáticos comigo e com Marcelo, quando se despediram, e continuaram cumprimentando seus convidados, tive a resposta para minhas dúvidas. Não sabia se fora arte de Lorenzo ou Ben e a Carla, que falaram sobre mim, mas meu instinto apenas dizia que eles sabiam.

Resolvi esquecer, quando Marcelo desatou a falar sobre o evento e descobri ser organizado pela família Bernardi. A essa altura eu já não ficava surpresa com mais nada, mas isso não impediu de me sentir ainda mais desconfortável do que já me sentia outrora.

— Vem, vamos dançar. — Marcelo me puxou direto para a pista de dança, sem sequer pedir permissão.

Não contestei, porque precisava mesmo de algo para me distrair que não tivesse um teor alcoólico. Colocando suas mãos em minha cintura, começamos a nos embalar ao ritmo da canção que tocava e ficamos em silêncio por uma música completa.

— Ele está olhando para você — Marcelo me surpreendeu ao falar, forçando-me a olhar para ele.

— Do que está falando? — perguntei atônita.

— Daquele cara.

Segui seu olhar, para encontrar o de Lorenzo, que estava nitidamente irritado, quase espumando de raiva, parecendo não tirar os olhos de nós enquanto dançávamos. Engoli em seco, novamente desviando meu olhar do seu, sentindo meu coração trovejar dentro do meu peito.

— Ele é o cara do carrão, não é? — Marcelo indagou, embora mais parecesse uma afirmação.

— Sim — respondi, me sentindo sem jeito em lhe dar essa resposta. Afinal, embora não lhe devesse satisfações, ele fora meu namorado.

— E por que você está comigo essa noite e não com ele? — Sua pergunta mais uma vez surpreendeu, porém me vi rindo sem humor algum.

— Como eu disse mais cedo, nossos mundos são diferentes. — Senti meus olhos lacrimejarem instantaneamente, mas não me permitir chorar.

Merda! Desde quando eu me comportava como uma boba apaixonada?

— Por mais doloroso que seja para eu dizer isso, isso é besteira, Ava. Quando se gosta de alguém, não importa o quanto são diferentes, vocês constroem seu próprio mundo.

Embora tivesse tentado arduamente contê-las, senti as primeiras lágrimas escorrerem e me vi completamente sem palavras diante o que ele havia dito. Mas parecia que Marcelo ainda tinha algumas:

— Meu Deus! Isso foi tão gay! — disse com uma careta e tive que rir.

♥

Depois desse momento de "inspiração" e ternura do Marcelo, precisava ir ao banheiro retocar minha maquiagem. Demorei a encontrá-lo, porque eu não sabia onde ficava o maldito banheiro, mas quando entrei, encarei meu reflexo e suspirei.

Era tão estranho me sentir assim, mexida. Mas era ainda mais estranho saber que parte de como me sentia era minha culpa. Só que, por mais que o que Marcelo tenha dito fizesse um pouco de sentido para mim, isso não mudava a realidade que vivíamos.

— Uma moça tão bonita como você, não deveria derramar lágrimas por nenhum homem. Mesmo que esse homem seja meu filho. — Supresa, virei-me para dar de cara com a mãe de Lorenzo. — Podemos conversar, Ava?

Jesus! O que eu faria?

20
LORENZO

Eu me odiava por estar fazendo aquilo. Odiava ter de me sujeitar a estar com ela. Odiava ver a dor nos olhos de Ava cada vez que me olhava. Mas odiava ainda mais a pessoa que estava me forçando àquilo, que estava me obrigando a magoar quem eu amava.

Sabia bem que minha relação com Ava estava estremecida e não tinha tanta certeza de que sobreviveria depois daquela noite. Mas eu esperava apenas que ela me desse ao menos a chance de explicar o que aconteceu, mesmo que depois que eu saísse dessa enrascada ela não me perdoasse.

Nada daquilo havia sido planejado. Depois de tantos dias sem nos ver, eu havia ido atrás da Ava mais cedo como uma última tentativa de tentar fazer com que ela viesse comigo. Ou, se eu for sincero comigo mesmo, queria na verdade era provar a veracidade da lenda da família.

Vê-la novamente foi como recuperar o fôlego que havia me faltado, mas ainda assim tive que deixá-la outra vez. Eu teria pulado a festa se esse evento não fosse tão importante, mas quando saí do meu carro, fui abordado pela Angélica.

— Olá.

— Mas é muita cara de pau sua vir aqui essa noite depois de tudo, não é? — perguntei a ela, que não deixou que o seu sorriso desvanecesse.

— Claro que não poderia deixar de vir. Afinal, não poderia deixar meu acompanhante sozinho — disse e eu ri com escárnio.

— Mande meus pêsames para ele. — Dei as costas para ela, mas o que foi dito a seguir me fez parar:

— Você é meu acompanhante, Lorenzo.

Ela era louca?

— Você só pode ter fumado uma maconha muito estragada ou se esngasgou com muito esperma vencido para achar que eu iria com você, Angélica — gargalhei.

— Não. — Ela estendeu para mim o envelope que eu nem mesmo havia notado estar em suas mãos. — A não ser, claro, que você queira que eu apresente essas provas de que sua namorada periguete e favelada, na verdade tem me vendido peças de roupas de grife falsificadas. — Sorriu.

— O quê? Isso é mentira! — falei chocado.

— Sim, é mentira. Mas não é isso que dizem esses papéis. — A resposta foi seguida de um sorriso cruel.

Isso não poderia acontecer. Se Angélica entregasse isso, Ava estaria encrencada. Seria presa e até que conseguíssemos provar que não havia feito nada disso, sua carreira, ainda no início, estaria arruinada e ela jamais me perdoaria.

— O que você quer, Angélica? — perguntei, tentando esconder o fato que meu cu realmente estava piscando de medo daquela maluca.

— Você vai entrar comigo nessa festa e se perguntarem, e é claro que irão perguntar, nós estamos juntos. — Acariciou meu rosto e a minha vontade foi de afastá-la, mas não fiz isso.

— Angélica, você sabe que isso não vai ficar assim, não é? — Ela deu de ombros simplesmente, como se eu não tivesse acabado de ameaçá-la.

— Quando isso acabar, eu espero ao menos um divórcio com uma bela pensão.

Divórcio? Essa porra era louca mesmo! Nem se meu pau brincasse de bambolê!

E como sabia que seria, nossa entrada foi o ponto alto da festa, pois a vadia decerto deveria ter dado um jeito de avisar aos jornalistas sobre nossa chegada. Embora eu tivesse dado um jeito de soltar a mão dela antes de passarmos pela porta.

O quê? A maldição dos Bernardi's ainda era real para mim! O diabo que me carregasse, mas não me casaria com essa louca jamais!

Desde a entrada cercada por jornalistas e depois as perguntas da sua família, já a minha me encarava sem entender o que estava acontecendo. E até mesmo com raiva. Enquanto isso, Angélica sorria e dizia a todos sobre "nossos planos", que nunca aconteceriam.

Eu não falava nada, mas cada vez que alguém fazia uma pergunta direcionada a mim, a única coisa que eu fazia era abrir a boca para pedir mais uma dose de uísque para o garçom. Não era obrigado a ser simpático. Passei as primeiras horas querendo matá-la, esganá-la... Havia pensado em mais de mil e uma maneiras de acabar com ela e em nenhuma delas eu havia sido gentil. Na verdade, estava começando a achar que tinha uma veia psicopata.

A noite estava sendo um pesadelo para mim, mas como desgraça pouca é bobagem, meus olhos bateram justamente na última pessoa que eu queria que me visse acompanhado de Angélica. Ela estava magnífica com um vestido preto, mas o que me matou foi o olhar em seu rosto enquanto ia em direção ao jardim de inverno.

Comecei a ir em sua direção, ignorando os chamados de Angélica, mas fui interceptado no meio do caminho por Benjamin.

— Eu acho melhor você dar um tempo. Deixe que a Carla foi falar com ela.

Minhas mãos se fecharam em punhos e a minha vontade foi de socar meu irmão. Eu queria apenas ir até ela. Queria lhe explicar tudo.

— Preciso falar com a Ava.

— Não. Você precisa voltar para o seu teatrinho — ele parecia irritado.

— Você não está entendendo.

Ele me cortou:

— Não estou entendendo mesmo. Só espero que, quando você entender, não seja tarde demais.

— O que está havendo aqui, meninos?

Era minha mãe. Isso poderia feder. Ou isso poderia explodir na minha cara. Sinceramente, eu não sabia o que era pior.

— A Ava está aqui — Benjamin fofoqueiro respondeu e minha mãe me olhou chocada.

— E que merda você está fazendo com a coitada da Angélica? — Sua pergunta foi feita seguida de um beliscão em meu braço e juro que a sensação que tive, era de que ela havia acabado de fazer isso nos meus ovos tamanha dor.

— Caralho, mãe! Isso doeu! — grunhi e ela me olhou feio.

— Olha essa boca, Lorenzo! — reclamou.

— Porra, mãe. Isso doeu mesmo! — Massageei o local onde fui

agredido, que pulsava.

— O que vão doer são seus ovos, se você não me explicar agora o que diabos está acontecendo! — exigiu, deixando-me sem alternativas a não ser contar-lhe toda verdade.

♥

— Ah, mas essa vadiazinha me paga! — minha mãe disse como quem prometi a si mesma, quando terminei de lhe contar toda a história. — Não acredito que ela tenha sido tão ardilosa!

— Pois é! — bufei, me sentindo aliviado por ser sincero, mas ela voltou a me beliscar. — Ai, mãe! O que foi isso agora? — reclamei.

— Por você se meter com qualquer vagabunda! — Apontou o dedo para mim.

— Eiii! A senhora mesmo estava tentando nos juntar! Eu não queria nada disso! — lembrei-a.

— Já me repreendi em pensamento por isso — continuou e revirei os olhos. — Mas você... — Negou com a cabeça. — A menina já era tão rodada quando inventou de se meter com ela. Seu pau não tem discernimento? — Ela realmente estava braba.

— Mãe, a senhora já ouviu falar de hormônios adolescentes? E outra, ela realmente tinha uma boca talentosa. — Parei no momento em que vi seu olhar de repreensão.

Merda! Falei demais!

— Se eu fosse Ava, te dava uma canseira. Um mês de greve no mínimo, para você ver o que é bom para tosse e o quanto é doloroso contrariar sua mulher. Seus ovos pedirão arrego!

— Mãe! — Estava horrorizado.

Que mãe era essa? Como ela podia desejar isso para o próprio filho? A madrasta da Branca de Neve perdia na maldade!

— Ei, procurei vocês pelo salão inteiro! — Minha cunhada se aproximou, esbaforida. — Precisamos da ajuda de vocês. Eu tenho um plano!

Benjamin

Era oficial, meu irmão era um idiota! Na verdade eu já sabia, mas o que não sabia era que quando acontecesse dele se apaixonar, que além de ser um idiota, ele seria também um babaca por decidir agir por si, sem consultar o cérebro mais inteligente da casa. No caso, eu.

Tudo bem. Eu estava mentindo, o cérebro de toda essa operação mesmo era minha linda e adorável esposa. Não era à toa que havia me apaixonado por ela, pois convenhamos, para conquistar meu coração, não poderia ser pouca merda não.

Afinal, era um cara lindo, modesto, prepotente, arrogante, alto, inteligente, eu já disse que sou lindo?

Só que, por mais que confiasse no meu taco e soubesse que minha mulher era inteligente, não estava realmente acreditando no que ela queria que Antony e eu fizéssemos.

— Você só pode estar brincando, Carla. — neguei com a cabeça.

— Olívia nunca aceitará isso. — Antony também parecia chocado.

— Deixem de viadagem os dois. — Virou-se para meu irmão. — E a Liv concordou. Disse que isso vai ser engraçado. — Deu de ombros.

O que havia com nossas mulheres?

— Você não tem medo do Ben gostar demais dessa situação e levar essa história adiante? — Tony perguntou, tentando nitidamente fazê-la voltar atrás. Mas eu a conhecia bem demais para saber que isso era apenas perder tempo.

— Não, querido cunhado. — Acariciou sua barriga redonda. — Confio no meu taco. — Fez uma careta e pareceu pensar melhor no que falar, antes de continuar: — Na verdade, confio na minha caçapa e no meu controle no taco e as bolas do seu irmão.

Oh! E deveria confiar mesmo! Eu amava essa louca!

— A não ser, claro, que essa situação envolva outra pessoa que também tenha taco no meio das pernas. — Ela pareceu pensativa e sorriu maliciosa.

Filha da puta!

— Jamais! — Fui ríspido e ela gargalhou, antes de vir me dar um beijo.

— Estou brincando, amorzinho. Você dá conta do jogo. — Piscou para mim e, apesar de louca, eu a amava ainda mais por isso.

♥

Os homens são como um gato no cio. Bastam ver um par de peitos, e não importa a cara da desgraçada da mulher, já ficam cheios de tesão e loucos de vontade de comer uma boceta. É natural. Todo homem já passou por essa fase da mulher camarão, que come o rabo e joga fora o resto. A não ser, claro, que o homem em questão goste do sexo masculino e a coceira seja no brioco.

Embora sejamos seres caçadores por natureza, dizem que os homens casados e apaixonados por suas esposas, têm não apenas as bolas pregadas, mas também os olhos. E era a mais pura verdade, apesar de muitos não admitirem por questão de ego ou apenas de machismo mesmo. Pregadas não literalmente, claro, mas metaforicamente falando.

Porque, Deus me livre, não me imaginava monobola, imagine sem nenhuma? Perderia toda a graça da ação e também de correr nu!

Enfim, quando nos casamos e temos nossas bolas nas mãos de nossas digníssimas esposas, a mandinga que elas fazem costuma ser tão braba, que as mulheres bonitas, que treparíamos na primeira oportunidade com certeza, se tornam apenas mulheres bonitas com pares de peitos e bocetas que nunca vamos provar. E apenas isso. Fim.

Não mentiria ou seria hipócrita para dizer que não olhava para outras. Olhava sim. Olhava para cacete... Ou melhor, sem cacete. Mas isso acontecia apenas por mero instinto masculino. É ele quem faz o trabalho e não a vontade da cabeça de baixo de comer uma comidinha diferente da que comemos em casa.

Aí está a diferença. Uma coisa é olhar, admirar e pensar consigo mesmo: "Bom par de peitos. O dessa aí bate na testa enquanto cavalga!". E outra completamente diferente é pensar: "Opa! Desse par de tetas vou tomar na cara e me fartar!". São duas coisas completamente distintas e a diferença está justamente no sujeito da ação. Sujeito esse, que depois do casamento tem suas bolas não apenas pregadas, mas basicamente programadas pela esposa.

Era exatamente assim que me sentia depois de casado, com uma mulher linda, ardilosa, por quem era completamente apaixonado, mas que me tornou um mero apreciador das obras de arte e não o agente do artista. Simples assim.

E ali estava eu, olhando para Angélica e a primeira impressão que tinha era de estar diante de uma bela mulher. Ok. Em uma segunda olhada, já era o suficiente para que se visse que, além dos peitos siliconados e do botox, que parecem brotar em cada poro seu, havia uma mulher da pior espécie: Aquela capaz de tudo por uma trepada e o pior: para alcançar o que quer.

Meu avô Antony ensinou uma coisa muito importante para meu pai e posteriormente ensinou para mim e meus irmãos, que, com certeza, ajudaria a perpetuar entre nossas espécies:

— Todas as mulheres merecem uma trepada. Poucas merecem duas. E nenhuma merece três.

Havíamos aprendido a lição. Tanto que papai, Antony e eu estávamos casados e Lorenzo, se não fosse tão tapado, também estaria seguindo para o mesmo caminho. Tudo bem que Angélica havia passado pela cama de nós três, mas estava na cara que a mulher era problema na certa.

Mas simbora que tínhamos uma missão: desovar Angélica Boqueirão!

— Olá, Angélica — Antony e eu a cumprimentamos, praticamente em uníssono.

— Ah! Oi... — respondeu, nitidamente surpresa com a nossa chegada.

Era certo que ela estava à procura de Lorenzo, mas assim que nos viu, seu olhar malicioso passou por mim e por Tony. Afinal, apesar de ser o mais bonito e inteligente entre os irmãos, o mais velho era um Bernardi e não era de se jogar fora. Mas, quando lambeu os lábios, cheguei a estremecer. Juro por Deus que a minha vontade foi de vomitar.

— Que surpresa! Há muito tempo não via tanto Bernardi assim reunido. — Sorriu com malícia, tornando a vontade de sair correndo bastante tentadora.

— Que prazer revê-la. — Tony, sempre galanteador, pegou sua mão e a beijou.

— O prazer é todo meu — respondeu, seus olhos iluminando e foi a minha deixa.

— Sim, o prazer será todo seu. Basta você aceitar — murmurei baixo o suficiente para que apenas ela e Antony ouvissem.

— Aceitar o quê? — perguntou faceira e logo vi que, mesmo sem saber, já estava interessada no que tínhamos a lhe propor.

Quase tive pena, coitada. Quase.

— O que você acha de fazermos um *ménage*? — perguntei e, como imaginamos, ela aceitou na mesma hora, nos fazendo sorrir com a vitória iminente.

Parte um da missão Desovar Boqueirão concluída com sucesso!

21
AVA

— Er... Desculpe, eu não sei o que a senhora poderia querer falar comigo. — Virei-me de volta para o espelho, tentando, de alguma forma, fugir, embora não quisesse parecer mal-educada.

— Ava. — Ela tocou em meu ombro, me fazendo virar para ela. — Eu não mordo. Não precisa ter medo de mim. Eu sei sobre você e meu filho.

Engoli em seco, não sabia o que responder.

— É estranho — tive que dizer, por fim, o que a fez rir.

— Eu não a conheço ainda, mas tenho a impressão que te conhecer vai ser uma experiência interessante. — Sorriu e, inevitavelmente, me vi surpresa pelas suas palavras. — Venha aqui. — Sem nenhuma cerimônia simplesmente me puxou para um sofá que havia ali.

Isso só poderia ser coisa de rico mesmo, colocar um sofá no banheiro para a amiga sentar e, enquanto conversam, esperar a outra terminar de cagar!

Não sabia o que dizer. Eu estava definitivamente sem saber como agir. Afinal, quando no mundo imaginaria que estaria conversando com a mãe de Lorenzo em um banheiro chiquérrimo e mais limpo que meu quarto?

— Preciso te fazer uma pergunta.

— Pode fazer, Sra. Bernardi.

— Por favor, me chame de Marta.

Assenti e ela continuou:

— Qual a sua intenção com meu filho?

É. Por essa pergunta eu definitivamente não esperava.

— Isso foi... inesperado — admiti, enrubescendo um pouco.

— Vou ser sincera com você, Ava. Quando soube sobre os dois, me preocupei um pouco. Não porque vem de família humilde, mas porque você há de convir que existe muita gente aproveitadora e oportunista.

Engoli em seco, receosa que ela pudesse achar que eu era esse tipo de pessoa.

— Mas eu também vim de lá, não julgo o livro pela capa, então espero conhecer para tirar minhas próprias conclusões. E é por isso que estou te perguntando: Qual sua intenção com meu filho?

Não sabia o que responder diante de suas palavras. Talvez tivesse esperado um julgamento, alguma oposição. Ou até mesmo uma imposição por parte dela, mas, definitivamente, não esperava que fosse dessa maneira. Tão... fácil.

— Dona Marta, eu gosto do seu filho. Mas mesmo que eu tenha ficado surpresa quando soube que a senhora também era pobre, como eu, ainda assim não consigo deixar de achar que tudo isso é muito errado — admiti, sentindo um pouco vulnerável por ser tão sincera com alguém que eu mal conhecia e ainda assim sentia que precisava falar. — Amo estar com Lorenzo. Ele me faz bem demais, mas ainda somos de mundos diferentes. Não nasci para isso aqui. — Apontei ao meu redor. — Para essas festas. Eu gosto de barulho, de agitação, gosto de ser autêntica. — Ao contrário do que pensei que faria, ela simplesmente sorriu para mim.

— Ei. Quem disse que precisa deixar de ser você para estar com meu filho? — perguntou como se fosse o óbvio.

— As pessoas me julgariam. — Senti meu rosto esquentar, nitidamente envergonhada pela confissão.

— Você se preocupa com o que pensam sobre sua pessoa e aonde vive?

Neguei com a cabeça.

— E por que teria de se preocupar agora? Apenas por estar vivendo no meio dos ricos? Claro que não! Enquanto nossa consciência estiver limpa, nosso coração estiver feliz e satisfeito, o pensamento alheio não interessa. Foda-se o que as pessoas pensam, Ava! — Deu de ombros de um modo elegante.

Sabia que ela tinha mesmo razão. Nunca me preocupei com o que as pessoas achavam sobre mim, por que agora estava tão preocupada em não ser quem eles esperavam que eu fosse?

Era besteira. Eu sabia. Ainda assim não sabia o que fazer dali em diante, pois minha cabeça dava voltas. Mas mesmo que tivesse escolhas pela frente, fui tirada do meu devaneio quando ouvi dona Marta falar:

— Vai colocando essa cuca para funcionar, que vou fazer xixi.

Sua espontaneidade me pegou de surpresa outra vez, bem como o quanto ela parecia me entender e no meio de tantas dúvidas, acabei soltando uma gargalhada.

Não sabia o que pensar. Uma parte minha queria acreditar no que dizia, queria ir atrás de Lorenzo, mandar a azeda ir para a casa do caralho e dizer como me sentia. Dizer que queria tentar viver o desconhecido e no amanhã? Pensaríamos quando ele, por fim, chegasse.

Mas a outra parte, aquela que viu o quanto minha mãe batalhou para me criar depois do meu pai deixá-la sozinha, e que mais tarde foi traída pelo seu namorado e também melhor amigo, acreditava estar certa em me resguardar. Que era covardia persistir em um romance que mais parecia estar fadado ao fracasso.

— Olha só quem está se escondendo aqui no banheiro. Aproveitou para arranjar uma vaga de empregadinha? — A voz feminina rompeu o silêncio do cômodo, fazendo-me ficar de pé.

Merda! Era só o que me faltava!

Era Angélica. Os cabelos de antes bem arrumados, naquele instante estavam bagunçados, seu batom borrado e seu vestido que era bem colado ao corpo parecia estar torto. Olhando para sua aparência caótica, a impressão que eu tinha era de que ela tinha acabado de dar para alguém.

Oh, meu Deus! Ela e o Lorenzo... Não...

Todo meu sangue pareceu se esvair. Engoli em seco o nó em minha garganta quase me sufocando, tudo apenas com o pensamento de que ela havia estado com ele.

— Você achou que ele ficaria mesmo com você? — debochou, parecendo saber exatamente o que eu havia pensado. — Você achou que uma simples trepada de uma suburbana prenderia um homem como Lorenzo Bernardi? — gargalhou e o aperto em meu peito apenas se intensificou.

— Eu acho melhor me deixar em paz, Angélica, não estou com paciência para você. — Era quase como um aviso, estava tentando não apenas manter o controle na minha voz, mas também o foco e ela se limitou a rir.

— Você se acha muito esperta, não é, sua Periguete Favelada?

Lorenzo não vai entrar com um processo contra mim. E sem ele ao seu lado, como acha que vai conseguir provar que sou eu quem está errada, que fui eu que roubei todos os seus modelos, fazendo isso com um advogado de quinta? Provavelmente um mal pago pelo governo? — sua voz pareceu-me cada vez mais cínica enquanto me indagava.

Eu juro que quase pude ouvir a voz de Valeska Popozuda cantando em meu ouvido:

"O meu brilho você quer
Meu perfume você quer
Mas você não leva jeito"

Respirei fundo, mais uma vez, porque eu era top, diva e poderosa, não tinha que ficar me trocando com essa recalcada.

— Saia da minha frente, Angélica. — Tentei passar por ela mais uma vez, mas não consegui.

— O que é? Está com medo de ouvir umas verdades?

Eu nunca, em toda minha vida, levei desaforo para casa. Por muito menos, já fiz barraco e não seria com essa filha de uma rapariga que agiria diferente. Ela não me conhecia, entenderia de uma vez que não podia mexer com quem não devia.

Fui cega em sua direção. Nem mesmo dei tempo para que reagisse, antes de agarrá-la pelo cabelo e puxá-la até o chão, enquanto Angélica se debatia feito uma galinha louca, em uma tentativa vã de escapar.

Praticamente ajoelhei-me em cima dela, mantendo-a presa ao chão. O ódio me cegara de tal maneira, que não demorei a dar o primeiro tapa em sua cara, enquanto lhe dizia entredentes:

— Isso é por você tentar tirar meu trabalho de mim. — Dei outro tapa, completamente fora de mim.

— Me solta! — ela gritava, debatendo-se sob mim.

— E esse é por você ser essa mulher mimada, mesquinha, falsa e sem caráter. — Mais outro. — Por querer me diminuir, me humilhar, quando na verdade a única pessoa que merece ser rebaixada aqui é você. Sou favelada sim! Sou periguete sim, mas, pelo menos, sou periguete de um homem só e não sou rodada como você! — Mais um. — E esse? É por ter aberto as pernas para Lorenzo!

— Ai, me larga! Socorro! Alguém me ajuda! — berrou, sem conseguir fugir do meu controle, ao mesmo tempo que tentava se proteger em vão.

Mãos, vindo não sei de onde, me carregaram do chão e enquanto lutava, chutando, me debatendo, tentando voltar a quebrar a cara da vaca desgraçada que ainda estava caída ao chão, vi o banheiro repleto de gente.

— Por favor, Ava, se acalma! — dona Marta pedia em uma tentativa de me conter. Eu havia me esquecido completamente que ela estava ali e isso fez com que eu me acalmasse um pouco.

Olhando para os lados vi que quem havia me tirado de cima da vaca era o Benjamin. Mas ele não estava sozinho, um rapaz também muito bonito e muito parecido com ele, ajudava-o a me manter sob controle também. E logo tive a certeza de que se tratava do mais velho dos irmãos: Antony.

— E você, Angélica, que decepção! — Marta apontou para a vaca, que tentava em vão ajeitar o cabelo.

— Ela quem veio descontrolada para cima de mim, só porque estou com seu filho! — mentiu, na maior cara dura.

— Mas que cara de pau! — Voltei a me debater e Ben apertou seu poder sobre mim.

— Deixa de ser cínica, garota. Eu estava aqui desde o começo. Ouvi tudo. E meu celular também. — Um sorriso perverso se espalhou pelo rosto experiente e bem maquiado de dona Marta quando mostrou o aparelho para Angélica, que arregalou os olhos.

— Ora, ora. Temos mais uma confissão? — Antony indagou e Angélica bufou, mostrando-se ainda mais irritada.

— Angélica? — Um senhor entrou no banheiro e, ao notar toda a confusão, nos olhava sem entender, como se esperasse uma explicação. — O que está havendo aqui?

— O que está havendo aqui, Jorge, é que sua filha tentou aprontar contra minha família. — Dona Marta foi categórica, enquanto Angélica abaixava a cabeça, como se não tivesse coragem de encarar o próprio pai.

— O que aconteceu? — insistiu e, quando seus olhos se puseram sobre mim, de alguma maneira ele pareceu assustado.

— Aconteceu que seus advogados terão trabalho nos próximos meses. Acho melhor retirar sua filha daqui, antes que eu faça isso com minhas próprias mãos. — A matriarca apontou para ela. — E você, Angélica, pode não ter apanhado quando era mais nova, mas se ousar se aproximar da minha família novamente, quem vai te dar uma surra sou eu! — Sua ameaça a espantou, fazendo com que ela engolisse em seco.

Os dois saíram dali rapidamente, o homem parecendo mais assustado, olhava para mim com desconfiança. E eu? Não estava entendendo nada. Carla trouxe uma água para mim e Olívia, esposa de Antony, praticamente se materializou ali com uma maleta para refazer meu cabelo e maquiagem. Como se eu estivesse mesmo me preocupando com isso depois do acontecido.

— Me desculpem por isso — pedi, nitidamente envergonhada pelo meu descontrole.

— Não se desculpe. Na minha idade, a gente não tem tanta diversão assim. Isso já valeu a pena a festa toda — dona Marta falou e foi inevitável não sorrir.

— Verdade. Só faltou rasgar o vestido dela e arrancar o silicone. Mas da próxima vez, por favor, faça isso — Ben pediu, fazendo-nos rir.

— Toma mais um pouquinho de água para acalmar. — Tony tornou a me estender o copo, mas apenas neguei. Precisava de mais do que isso após esse embate infeliz.

— Não tem nada mais forte? Tipo uma pinga? — indaguei e eles riram.

— Essa é das minhas. — Olívia comentou animada, antes de correr para fora do banheiro e eu sabia que teria meu pedido atendido quando retornasse.

— Dona Marta, posso fazer uma pergunta?

Ela acenou.

— A senhora viu Angélica vindo?

Deu de ombros.

— Não. Mas o que os olhos não veem, o sexto sentido de mulher detecta. E o de mãe então, ainda é muito mais aguçado. — Piscou para mim e eu ri.

Eu havia adorado. Ela havia sido tão maravilhosa comigo, que não sabia nem como agradecer. Na verdade, todos haviam sido.

— Olívia certamente foi providenciar alguma bebida com o maior percentual alcoólico do bar. Vamos voltar para a festa? — Antony chamou e todos concordaram.

— Eu já vou. Só preciso de um segundo. — Eles pareceram entender que eu precisava mesmo daquilo e então assentiram antes de ir.

Dona Marta estava na porta, prestes a sair, quando se virou para mim para falar:

— Vou ser sincera, uma das coisas que mais gostei em você, é porque me lembra muito uma pessoa que conheci.

— Quem? — perguntei bem curiosa e ela sorriu.

— Eu — respondeu simplesmente, antes de piscar para mim e se virar para me deixar sozinha.

♥

Não sabia precisar quanto tempo mais passei naquele banheiro, embora, com certeza, tenha ficado mais do que o necessário. Os convidados certamente achariam que eu estava com uma diarreia das brabas, mas depois de tudo que aconteceu, decidi que não me importaria.

Respirei fundo e resolvi ir em frente, precisava enfrentar o que viria. Abri a porta do banheiro e ao sair dei de cara com o pai de Angélica.

Ele parecia nervoso. Impaciente. Mas isso não era da minha conta. Não me deixaria ser intimidada por esse homem também. Nem por ninguém.

— Com licença — pedi, quando ele se colocou na minha frente.

— Preciso falar com você. — Sua voz saiu ainda mais nervosa do que ele aparentava. — Ela disse que você não apareceria. Semana passada me prometeu isso.

Oi?

— Eu não sei do que está falando e não tenho nada para falar com o senhor. Se me der licença...

Ele não deu. Segurou-me pelo braço, forçando-me a olhar para ele e estava prestes a lhe dar um chute nos países baixos tamanha ousadia, quando então falou:

— O que você quis vindo aqui, Ava? O que quer de mim? Tem certeza de que não tem nada para falar com seu pai?

E foi como perder o chão.

♥

Carla

Uma mulher sempre conseguia reconhecer quando outra não prestava. Nosso sexto sentido era foda quando o assunto era esse. Nosso radar de vagabunda apitava e de longe. E o meu era mais do que treinado. Era pós-graduado.

Quando se casa com um homem safado, que tem todos os tipos de mulheres no currículo, nós sentimos o cheiro de perigo a quilômetros de distância. Normalmente, ele tem o pior dos cheiros, o de caldo de galinha. Mas se trabalharmos direitinho, mostrarmos quem manda, o que podemos fazer? Uma canja de galinha.

Besta nunca fui. Aprendi desde cedo que a mulher de verdade precisa se impor, porque homem é bicho traiçoeiro; se deixarmos, eles montam e fazem o que bem entender. E não no sentido sexual. No sexual a gente deixa, porque é muito bom.

Minha relação com Benjamin poderia não ter começado de modo comum, mas o que fez com que nosso casamento desse certo, não era apenas por nós dois termos certeza do amor que um sentia pelo outro, mas porque a confiança entre nós era muito forte.

Qualquer uma em meu lugar, com exceção de Olívia, minha concunhada fantástica e que se garante tanto quanto eu, acharia que era loucura o que estávamos permitindo que nossos maridos fizessem. Mas, além de amar meu cunhado e ter adorado Ava, há muito tempo, mais precisamente desde que soube que Angélica havia sugerido fazer um boquete no Ben antes da cerimônia do nosso casamento, que o meu desejo era lhe dar uma lição. E ela havia demorado demais para chegar.

A minha barriga não me impediria de fazer isso, muito pelo contrário, em um futuro próximo contarei e recontarei para minha filha essa história, para que ela aprenda como deve tratar uma vadia. Especialmente quando ela tenta interferir ou mexer com a sua família.

Conforme fora combinado, Olívia e eu esperávamos escondidas e caladas no banheiro, vendo através da tela do meu celular, o que estava rolando dentro do quarto preparado para um único propósito: pegar a vadia!

A vagabunda estava tão desesperada quando entrou na suíte do hotel, que tirou o vestido sem precisar que nossos cachorrinhos adestrados, vulgo maridos, lhe pedissem.

— É impressão minha, ou o umbigo dela está quase no meio da testa? — Olívia perguntou baixinho e tive que segurar a crise de riso, que ameaçava nos entregar.

— Meu Deus! Não quero nem ver o que tem atrás. Não me admiraria que o cu dela estivesse na cabeça, porque dali só sai merda! — Seguramos o riso outra vez, enquanto o plano seguia exatamente como o esperado.

— Ela é tão idiota que não reparou que eles nem a tocaram ou beijaram ainda? — Olívia perguntou e fiquei pensativa.

— Não sabe como é puta? Com beijo na boca é mais caro!

Dessa vez quase nos engasgamos. Estávamos rindo da tentativa patética da vaca de seduzir nossos homens. Mas ela estava mais para *stripper* de bordel de quinta categoria.

— Sério. Juro que, se Ben ficar meia-bomba, ele fica sem sexo até o Natal — cochichei e ela concordou, parecendo pensar da mesma maneira se tratando do marido.

— Olha, ela confessou que está chantageando o Lolo! — Olívia comemorou, quando ela finalmente admitiu o que fizera, embora nossos maridos não tivessem feito nada além de tirar a gravata para isso.

Logo nos vi fazendo uma dancinha de comemoração em pleno banheiro, mas já havíamos dado tempo demais para curtir a mentira de ser desejada pelos nossos homens.

— Agora que ela foi idiota o bastante para confessar, vamos lá e dar nossa lição nela. — E foi isso que fizemos.

Para surpresa de Angélica, saímos do banheiro, fazendo-a arregalar os olhos ao nos ver.

— O que vocês estão fazendo aqui? — Sua voz de taquara rachada saiu ainda mais estridente quando nos perguntou.

— As perguntas quem faz aqui somos nós, porque já está tudo gravado — avisei.

— Bom trabalho, meu amor — Olívia disse ao Tony, antes de lhe dar um beijo.

— O que está acontecendo aqui? — A outra não estava entendendo nada, parecia prestes a enlouquecer.

— Abaixa o tom, oh, vadia. Porque já deveria ter entendido que quem manda aqui somos nós. Mas antes de te dar uns tabefes e você me responder tudo que perguntarmos, porque, com certeza, não vai querer ver essa gravação viralizar na internet, quero que me responda a pergunta de um milhão de dólares: Você achou mesmo, por um só segundo, que nossos homens iriam trocar caviar por pescoço de galinha?

22
AVA

Quando eu tinha seis anos, minha escola deu uma festa de Dia dos Pais e, como em todas que aconteciam nessas datas comemorativas, minha mãe era quem participava. Eu não costumava sentir a falta de um pai, mas, nesse dia, um coleguinha me perguntou por que era minha mãe quem estava presente e não meu pai, respondi que não tinha um e ele me olhou como se eu fosse uma estranha.

Fiquei triste, porque todos os meus outros coleguinhas começaram a tirar sarro de mim por esse motivo e depois de puxar a chuquinha de algumas meninas e dar um soco no nariz de um dos meninos, fui suspensa da escola e, quando cheguei em casa, perguntei a minha mãe porque eu, entre todas as crianças, não tinha um pai.

Ainda lembrava-me perfeitamente o quanto ela ficara mexida com a minha pergunta, mas ainda assim, com o amor de sempre, me respondeu que tinha certeza de que meu pai me amava, mas que mesmo me amando ele havia escolhido viver uma vida em que nós duas não estávamos presentes. Que seria eu e ela contra o mundo e não importava o que me dissessem, que ela sempre estaria comigo.

Nunca mais a questionei. O que me dissera era a mais pura verdade, minha mãe sempre esteve comigo mesmo, sempre foi meu pai, minha mãe e também minha melhor amiga. Não sentia sua falta e jamais pensei em ir atrás dele ou até mesmo descobrir quem ele era. Na verdade, o xinguei cada vez que tinha que assinar meu nome, mas nada mais do que isso. Ele nunca seria alguém em minha vida.

Em nenhum momento pensei que as coisas poderiam ser diferentes se ele estivesse presente. Para mim, minha vida havia sido como devia e eu não mudaria nada, porque tive a minha mãe comigo e era isso que realmente me importava.

Mas ainda que não tivesse ido em sua busca, depois de tantos anos, tantos que não poderia nem mesmo me lembrar como ele era, meu pai estava em minha frente. Via-o pela primeira vez e, ao contrário do que poderiam esperar acontecer, não senti vontade de abraçá-lo, nem mesmo de chorar. Só me vieram duas perguntas na cabeça e tive que fazê-las:

— Por que você me deu aquele nome, filho da puta? E me diga, por favor, que aquela desgraçada não tem o mesmo sangue que eu!

Aquele que, segundo minha certidão de nascimento, se intitulava meu pai, encarou-me chocado. Tinha que dar crédito a ele, talvez o coitado não estivesse esperando essa reação ou com certeza esperava demais de mim.

Ele queria o quê? Que o amasse e não o questionasse sobre o carma que me fez carregar com a porra desse nome?

— Desculpe... Não entendi...

— Perguntei por que você escolheu meu nome. Odiava-me tanto assim a ponto de querer que eu pagasse por isso pelo resto da vida? — perguntei, já ficando irritada.

— Er... Eu... Sua mãe escolheu o nome Ava e eu escolhi o segundo nome em homenagem a minha avó que me criou. — Ele parecia confuso enquanto respondia, mas ainda não era a resposta que eu queria.

— E o senhor não pensou, nem por um momento, que essa mistura ia dar merda? — bufei, cética. Sem acreditar realmente no que foi dito.

— Eu... estava um pouco bêbado. Não sabia o que estava fazendo direito. — Suspirou e passou a mão em seus cabelos grisalhos. — Ava... Estou confuso. Achei que você tivesse vindo aqui, não sei... atrás de mim.

— E por que viria? — Um sorriso irônico despontou em meus lábios quando perguntei.

Ele não estava falando sério, estava?

— Porque sou rico. — Ele pareceu desconfortável quando disse isso e foi inevitável, me vi soltando uma gargalhada.

O quê? Ele esperava o que de mim? Que eu o abraçasse como se não houvesse amanhã e que quisesse algo seu?

— Seu Jorge, a história é a seguinte: eu não quero saber da sua história. Nunca quis. Você nunca me fez falta. Não quero nada de você. Não quero ter nada com você. E dou graças a Deus por não ter nada, porque a outra que carrega o mesmo sangue que eu e me recuso a chamar de irmã é uma filha da puta recalcada e eu vou bem, obrigada. Não sei o que espera que eu faça, mas se eu fosse você, não esperaria nada, porque você não é nada para mim. Nada. Entendeu?

Não esperei que ele me dissesse qualquer coisa, apenas segui em direção à festa. Eu não senti nada quando virei as costas para meu progenitor, que, para mim, ficara no passado. Na verdade, talvez tenha sentido um pouco de alívio por ter lhe mostrado que, assim como ele nunca se importou, eu também nunca me importei se o tinha ao meu lado. E não seria agora que eu sabia quem era, que faria diferença para mim.

Um garçom passava com uma bandeja e tratei de pegar uma taça de champanhe. Virei em um gole longo, sentindo as bolhas do gás da bebida fazerem cócegas em minha garganta, enquanto sorvia o líquido meio amargo.

Não entenderia jamais porque as pessoas preferiam tomar isso, ao invés da boa e barata cidra. Já havia chegado à conclusão que, quanto mais caro o champanhe, mais amargo e ruim eles eram.

— Onde você estava? Te procurei por todo o lugar.

Era Marcelo. Senti-me mal, pois eu havia vindo com ele e, desde que chegamos, a coisa que menos fiz foi ficar ao seu lado. Tive tempo para tudo, até mesmo para dar uma surra em piranha, mas mal lhe fiz companhia.

— Me desculpa, Mouse. — Eu estava mesmo envergonhada. — Aconteceram algumas coisas.

— Tudo bem. Você está bem? — Ele parecia realmente preocupado.

— Estou sim. — Sorri para ele, sem graça.

— Tem certeza? Não quer ir embora?

Neguei, enquanto trocava minha taça de champanhe vazia por uma cheia.

— Estou bem. — Beberiquei minha bebida e precisando dividir aquilo com alguém, acabei fazendo isso com ele: — Conheci meu pai.

Ele olhou chocado para mim. Parecia ainda mais perplexo que eu ficara com nosso breve encontro.

— Aqui? — Marcelo olhou ao meu redor, enquanto parecia procurar por ele.

— Sim. Ele é rico, se é o que quer saber. — Dei de ombros desinteressada.

— E disse por que a abandonou?

Neguei com a cabeça.

— Talvez eu não tenha dado tempo para que ele dissesse nada.

— Como assim? — Olhou-me intrigado.

— Não me interessa realmente, Marcelo. Ele não quis e pronto. Isso me basta. Ele nunca me fez falta, porque eu não poderia sentir falta de algo que nunca tive. Reencontrá-lo agora não vai mudar a minha vida. Não queria antes e continuo não querendo ter nada a ver com ele. E vamos mudar de assunto.

Marcelo não disse mais nada. Ele me conhecia bem demais para saber que, quando eu colocava algo em minha cabeça, não havia quem me fizesse mudar de ideia. E não falaria mais sobre o assunto, só voltaria a falar com minha mãe. Porque, embora minha conversa com ela não fosse mudar nada, dona Dinorá me devia algumas respostas.

Estava pensando sobre isso quando a banda que tocava, de repente, parou a música e a voz que falou ao microfone chamou a atenção de todos que estavam ali, inclusive a minha.

Não... Ele não faria...

— Boa noite. — Um Lorenzo nitidamente bêbado falava ao microfone. — Vou contar uma história aqui.

— Não. Não — murmurei para mim mesma e Marcelo ria baixinho ao meu lado.

— Há alguns dias, eu conheci uma mulher, uma mulher que me deixou no inferno. — Riu, de uma maneira um pouco engraçada. — Ela é tão linda. Nunca... Nunca... em toda minha vida, vi mulher mais bonita e gostosa do que ela.

Ai, Deus!

— Olha ela ali. Ela não é a coisa mais linda que já viram? — Ele apontou para mim em meio a multidão, fazendo com que todos os presentes virassem o pescoço para me olhar.

Se-nhor! Um buraco, por favor!

— Eu a chamo de minha Bandida, eu não imaginava que isso aconteceria, mas agora entendi o motivo da escolha desse apelido. Ela é minha Bandida porque roubou meu coração.

Minha Nossa Senhora! Enfartei!

Eu não sabia se ria, chorava ou matava Lorenzo. Talvez fizesse ambos.

Não podia acreditar que ele estava fazendo aquilo realmente. Olhei ao redor, à procura dos seus irmãos para acabar com aquela cena, mas, para minha surpresa, encontrei-os de frente para o palco, com os celulares a postos, filmando tudo, enquanto riam.

Que escrotos, filhos da mãe!

— Essa semana ela me pediu um tempo, mas agora vou cantar uma música, para ela saber como me sinto — o bêbado prosseguiu com seu discurso e eu me desesperei.

Não. Ele não ia fazer isso!

— Ben, Antony, façam alguma coisa! — implorei, no momento em que consegui chegar perto dos dois.

— Estamos fazendo. Estamos filmando tudo, para que ele não esqueça disso jamais — Ben respondeu.

— Relaxa, Ava. Aproveita a serenata que meu irmão vai fazer — Antony completou, deixando-me sem saber o que fazer a seguir.

Que cachorros!

Acabei olhando de volta para o palco, onde Lorenzo falava com a banda e retornou para a frente do palco, antes dos acordes musicais começarem a tocar e ele começasse a cantar com a voz enrolada:

"Voc-cê me vira a cabeçaaaa
Me tira do sérioooooo
Destrói os planos
Que um dia eu fiz pra mim".

Meu. Deus. Do. Céu.

Eu não podia acreditar que ele estava realmente ali, cantando aquela música, tentando manter o tom de voz de Alcione, mas conseguindo no máximo uma mistura de Reginaldo Rossi com Pabllo Vittar.

— Vocês dois já tem o suficiente. Tratem de tirá-lo de lá — falei quando o bebum terminou a canção, rindo, Antony e Benjamin finalmente foram ao resgate do irmão.

Mas não sem antes Lorenzo gritar a plenos pulmões:

— Eu te amo, Ava. Volta para mim!

Ok. Isso já havia ultrapassado o nível do constrangimento!

♥

— Você tem certeza de que não precisa de ajuda? — Antony perguntou, assim que terminou de me ajudar a colocar Lorenzo em sua cama.

Depois que os irmãos dele o tiraram do palco, estava claro para todos que passara da hora de Lorenzo voltar para casa. Antony se ofereceu para fazer o papel de motorista e fui junto com eles, porque eu, definitivamente, não o deixaria sozinho daquele jeito.

— Não. Está tudo bem — garanti, enquanto tirava os sapatos dos seus pés.

— Você ainda está com raiva dele? Acho que, depois de uma declaração de amor daquelas, é impossível — Tony brincou, rindo bastante, certamente se recordando da cena que o irmão protagonizara.

— Acho que não. Precisamos conversar.

Ele concordou.

Era difícil ficar com raiva. No caminho para sua casa, quando Lorenzo finalmente apagou, Antony me contou o motivo dele ter ido para o evento acompanhado de Angélica e como ela o havia chantageado. E me contou também como foi que Ben e ele a desmascararam com o plano de Carla.

— Tudo bem. Eu já vou. Olívia está me esperando. Você tem meu número, qualquer coisa nos ligue que viremos imediatamente.

— Certo. Obrigada, Tony. — Sorri para ele, que veio se despedir com um beijo em meu rosto.

Quando alcançou a porta, ele se virou para mim com um sorriso afetuoso e disse:

— Foi um prazer te conhecer, Ava. Tenho certeza de que você fará não apenas meu irmão feliz, como todos nós. Bem-vinda à família.

Não consegui dizer nada. Aquilo me tocara profundamente. Fiquei verdadeiramente emocionada. Muito grata com suas poucas palavras. Eu havia conhecido apenas um pouco de cada um e ainda assim havia adorado todos eles. Embora todos tenham me recebido de braços abertos, eu ainda tinha muita coisa para resolver com Lorenzo e comigo mesma.

Respirei fundo, sabendo que essa noite e toda essa história estava longe de acabar e ajudei-o a sair do terno do seu smoking, depois a camisa e a calça. Por um tempo olhei para ele enquanto tirava o vestido e, em seguida, deitei ao seu lado. Não demorou muito para que Lorenzo viesse me abraçar durante o sono.

♥

Não havia nem amanhecido, quando Lorenzo começou a se remexer na cama, nitidamente incomodado, o que fez com que eu, obviamente, despertasse do meu sono nada tranquilo.

— Você está bem? — Minha pergunta saiu preocupada quando vi seus olhos se arregalarem ao me ver.

— Você está aqui.

— Claro. E onde mais eu estaria? — Achei engraçado e por isso acabei rindo.

— O que houve? — Ele passou as mãos no rosto e cabelo, sua expressão me deu a certeza de que sentia algum tipo de dor. Algo melhor denominado como ressaca.

— Você bebeu, deu vexame e te trouxemos para casa.

— O que eu fiz? — Seus olhos pareceram prestes a sair de tão arregalados que ficaram e, como boa masoquista que eu era, tive que rir do seu desespero.

— Você cantou para mim. — Dei de ombros.

— O quê? — Sua voz rouca trovejou.

— Não se preocupe. Seus irmãos gravaram esse belo momento. Prometeram não te deixar esquecer. — Tentei segurar o riso enquanto ele bufava.

— Tenho certeza que sim. — Fez uma careta.

— Ela te chantageou? — tive que perguntar e ele concordou, antes de se levantar, parecendo um pouco tonto. — Aonde vai? — indaguei, sem entender, apoiando-me nos cotovelos sob a cama.

— Preciso achar meu smoking. — Apontei para a poltrona onde havia dobrado suas roupas na noite anterior e ele foi até ela, onde remexeu nos bolsos do mesmo, antes de retirar um envelope que procurava. — Aqui.

Ainda que receosa, peguei de suas mãos e abri devagar. Dentro dele encontrei papéis que afirmavam que eu estava falsificando roupas de grife para a loja de Angélica, como se eu as costurasse e colocasse a etiqueta para que parecesse original.

Fiquei chocada. Completamente perplexa. Não acreditava que Angélica tinha chegado tão baixo. Mas me sentia ainda mais puta por aquela desgraçada tentar me incriminar por algo que nunca faria na minha vida.

— Mas eu vou acabar com a raça dessa filha da puta! — Fiquei de pé enquanto externava minha fúria.

— Farei isso nos tribunais — garantiu e eu sabia que ele faria exatamente como prometera.

— Então foi apenas por isso que estava com ela? — tive que perguntar e ele meneou a cabeça. — Obrigada — agradeci.

— Não precisa agradecer. Eu faria qualquer coisa por você.

Sorri, emocionada, sem saber o que dizer depois disso. Apenas fui até ele e o abracei apertado, querendo dizer tantas coisas, mas ainda sem conseguir.

— Venha dormir mais um pouco. — Puxei-o para a cama e Lorenzo não contestou, embora parecesse não querer me soltar.

— Você vai estar aqui quando eu acordar?

— Vou — prometi, antes dele voltar a adormecer.

Contudo, quando ele acordou, eu não estava mais ali.

23

AVA

Eu sabia que havia mentido para Lorenzo, dizendo que ficaria até que ele acordasse, mas quando adormeceu, não consegui mais pregar os olhos. Não era minha intenção enganá-lo, mas eu precisava ir para casa, precisava conversar com minha mãe. Precisava entender tanta coisa, antes de me entender.

Ainda era bem cedo quando cheguei ao lugar que eu chamava de lar desde que me entendia por gente. Minha mãe estava acostumada a acordar cedinho, então não me surpreendi ao encontrá-la na cozinha, coando café.

— Bom dia, filha. Achei que só viesse mais tarde — disse de maneira casual, mas, ao me olhar melhor, percebeu minha cara e, de repente, ficou séria. — O que houve?

— Conheci meu pai — falei de uma vez, deixando-a pálida. — Você sempre soube quem era ele? — Ela precisou se segurar na borda da pia quando perguntei isso.

— Filha...

— Senta aqui, mãe.

Ajudei-a se sentar na cadeira. Tinha que ir devagar. Não era minha intenção atingí-la. Não queria deixá-la mal. Nunca. Por isso tratei de pegar um copo de água para que ela bebesse e esperei o tempo que precisava para se acalmar.

— Como você o encontrou? — Sua pergunta rompeu o silêncio que havia se formado na nossa apertada cozinha.

— Ele estava na festa que fui.

Ela abaixou a cabeça envergonhada.

— Você imaginou que isso talvez pudesse acontecer, né?

Anuiu.

— Ele disse que você foi atrás dele, é verdade?

— Sim. Quando você me contou sobre o Lorenzo, fui atrás dele para ter certeza de que isso não era coisa dele.

Fechei os olhos quando ouvi o pesar em sua voz e respirei fundo antes de perguntar o que precisava:

— Tudo bem, mãe. Eu entendo que estava preocupada. Mas eu preciso que me conte a verdade. Eu não quis ouvir nada vindo dele, mas quero saber de você, mãe, o que houve?

Minha mãe, minha rocha, aquela que eu amava mais do que tudo, começou a chorar baixinho e aquilo me deixou sem chão. Minha preocupação com sua saúde crescia a cada segundo que passava e mesmo que não tivesse a resposta que tanto necessitava ouvir, pensei em lhe dizer para esquecer isso. No entanto, eu já havia tocado na ferida e sabia que não podia mais voltar atrás.

— Eu era muito nova quando o conheci — começou a falar, sua voz mais baixa do que o normal. — Eu trabalhava para a modista que fazia as roupas da mãe dele e em uma das vezes que estive em sua casa, acabamos nos esbarrando. Começamos a namorar, nos dávamos muito bem, éramos felizes, só que ninguém sabia sobre nós. Foi quando a família dele simplesmente faliu. Seu pai lhe arranjou um casamento, era um acordo entre famílias, para lhes tirar da lama. Jorge não queria, dizia que me amava, ficou um tempo aqui comigo, mas um dia vi que seu amor pelo dinheiro era maior até mesmo que o seu amor por mim e ele ficou noivo. Nessa época descobri que estava grávida e ele queria que continuássemos juntos, mas eu jamais aceitaria o papel de amante e desde então nos separamos. No dia que você nasceu, foi também o dia do seu casamento. Apesar de toda mágoa, acho que estava muito nervosa por saber que ele estava se casando e minha bolsa acabou rompendo. Jorge soube por alguém daqui da comunidade que eu tinha dado à luz e foi até o hospital te visitar. Ele ainda estava bêbado do casamento, se dizia arrependido, mas eu não me importava, o que realmente me importava estava em meus braços. Ele foi para o cartório. — Fez uma careta. — Te registrou, mas não usou seu nome de casado, porque acabou adotando o sobrenome da esposa a pedido do sogro e quando retornou, pedi para que esquecesse que nós existíamos.

— E ele esqueceu. — Limpei minhas próprias lágrimas, aquelas que jurei não derramar por ele, mas que inevitavelmente vieram.

— Não — afirmou firme, embora sua voz ainda estivesse um pouco emocionada, enquanto negava com a cabeça. — Ele tentou se aproximar, mas não deixei. Eu não queria.

— Eu também não. Ele nunca fez falta, mãe — garanti, e ela suspirou.

— Talvez eu tenha sido egoísta, filha.

Neguei.

— Jamais. Você sempre foi uma mãe maravilhosa. A melhor que eu poderia ter.

— Não. Não sou. Permiti que você trabalhasse, que perdesse sua juventude, para que pudesse ser diferente dele. — Enxugou mais lágrimas que caíam. — Eu só não queria que fosse como ele. Queria provar para ele que nunca precisou dele.

— Mãe, eu não estou entendendo.

Eu estava confusa e fiquei ainda mais quando ela se levantou e foi até o armário velho da cozinha, onde havia um pote de mantimentos entre eles, aquele com uma massa de lasanha vencida há muito tempo. De lá ela tirou um papel e me entregou.

— Todos esses anos, desde que nasceu, ele deposita dinheiro para você nessa conta. Eu nunca mexi. Nunca tirei um centavo sequer daí. Queria provar para mim mesma também que não precisávamos do dinheiro sujo dele. Mas fui egoísta, deveria ter te contado sobre isso.

Isso definitivamente me chocou. E muito. Eu não estava esperando por nada que viesse dele. Jamais esperei que meu pai tivesse tentado fazer alguma coisa por mim e, mais do que isso, que quisesse contribuir de alguma forma. Para mim sempre tinha sido muito claro que ele havia nos abandonado e ponto.

— Filha, me desculpe por isso — pediu ainda chorosa e suspirei.

— Não tem o que desculpar, mãe. Só estou um pouco chocada.

Concordou, ainda mais frágil do que era.

— Desculpe por não deixá-lo ser seu pai.

Neguei e ri sem humor.

— A única pessoa que poderia se desculpar por conta disso era ele, mãe. Ele pode ter contribuído com dinheiro, mas nunca tentou realmente. Se tivesse tentado, teria sido meu pai. Olha quantos anos se passaram. Não sou mais criança, mãe, e ainda assim ele não me procurou para tentar ser meu pai.

Ela suspirou pesarosa.

— E o que você vai fazer agora? — perguntou, preocupada, e sorri.

— Vou respirar fundo e voltar a viver a minha vida.

♥

Naquele mesmo dia, ou melhor, um pouco depois da conversa com minha mãe, arrumei minha mala e decidi que iria viajar. Há muito tempo que eu estava precisando de um momento só para mim e talvez não houvesse melhor hora para fazer isso, senão aquela.

Conversei com minha mãe antes de ir e, embora tenha ficado surpresa com minha decisão, ela aceitou a minha necessidade de me afastar de tudo e todos. Prometeu que se cuidaria e que me ligaria caso precisasse ou se, Deus me livre, acontecesse alguma coisa.

Ainda não sabia para onde iria e como meu carro já era caso perdido, peguei as economias que tinha na conta e aluguei um carro, antes de pegar a estrada em direção ao litoral.

Eu amava dirigir e não tinha muita chance de fazer isso, porque passava mais tempo empurrando meu carro do que atrás do volante. Então, quando sentei no banco do motorista do carro alugado, pisei fundo no acelerador cantando a plenos pulmões *Late que eu tô passando*[8].

Arranjei um hotel no primeiro dia e, quando amanheceu, procurei uma casa para alugar na pequena vila praieira. Acabei encontrando uma casa simples de um pescador que costumava alugar a casa para os turistas, onde fiquei nos dias que se seguiram.

Os primeiros dias foram estranhos e os seguintes foram mais ainda. Eu ia para a praia e passava quase todo o dia lá, chegava em casa, fazia o jantar e depois dormia. Ou ao menos era o que tentava fazer. A primeira semana foi a pior, porque sentia saudades de todos e a vontade de voltar era grande, mas uma parte minha sabia que eu apenas precisava das férias e do tempo que nunca tive para mim.

Esperei que o telefone tocasse, mas Lorenzo não me ligou. Não sabia se isso significava que ele resolveu respeitar meu pedido ou apenas porque havia desistido. E essa dúvida estava me matando. Principalmente porque estava a três minutos de ter resposta para minha outra dúvida.

---

8 Late que eu tô passando – Valeska Popozuda

Meu Deus! Será que eu estava mesmo grávida?

Há dois dias, comecei a desconfiar que estivesse, porque passei a acordar colocando meus bofes para fora. Minha menstruação sempre foi regular, então, quando me toquei que ela estava atrasada há quase cinco dias, vi que talvez eu estivesse um "pouco" grávida.

Antes de conhecer Lorenzo, eu estava em um relacionamento sério com meu vibrador havia uns dois meses, então só poderia ser dele. Se eu estivesse grávida, claro. O problema era que eu não conseguia me lembrar quando foi que transamos sem camisinha, porque bastavam as coisas esquentarem, que Lorenzo nem piscava e já estava protegido.

Então, depois de muito pensar, cheguei à conclusão que só poderia ter sido no dia que fomos para o Baile Funk, pois estávamos tão bêbados, que a única coisa que me lembrava era de ter gozado rios e sentir as coisas um pouco mais úmidas quando tomei banho na manhã seguinte.

Então estava ali, naquele banheiro apertado, esperando o resultado ficar pronto. Eu nem sabia se estava mesmo grávida, mas já estava com desejo.

Hmmm. Desejo de Lorenzo com calda de chocolate...

Duas linhas cor-de-rosa.

Era oficial, eu estava grávida.

Eu acho que vou ligar para ele trazer chocolate para mim!

♥

— *Ava?* — Ele atendeu no segundo toque, parecendo realmente preocupado, e sua voz grossa arrepiou desde os dedinhos do pé até os pentelhos raspadinhos da minha amiguinha.

— Er... Oi. — Fiquei tímida de repente.

— Está tudo bem?

— Sim. Eu queria conversar com você. Pode ser? — perguntei, mordendo a cutícula do meu dedo e pude claramente ouvi-lo suspirar.

Estava nervosa. Nervosa pra cacete... Ou melhor, sem cacete!

— Tudo bem. Só me dizer onde e quando.

— Se você puder vir hoje. — Era sábado, ele provavelmente estava em casa e sabia que não estava tirando-o do seu trabalho.

— Certo. Onde?

— Estou na 2ª praia — falei sem jeito e ele ficou um minuto em silêncio, antes de responder:

— Ok. Daqui a pouco estou aí.

— E Lorenzo? — chamei.

— Oi.

— Traga calda de chocolate para mim.

♥

Depois que desliguei, fui para a praia onde havíamos marcado. Eu sabia que ele demoraria algumas horas para chegar, mas decidi esperar por ele lá. Como a região litorânea ficava distante e estávamos no inverno, a praia era praticamente deserta nessa época do ano, com apenas poucas pessoas se dando ao luxo de curtir aquele belo paraíso.

— Não tinha ideia que você tinha se apaixonado tanto por esse lugar. — A voz de Lorenzo falou, ao mesmo tempo que ele se sentou ao meu lado e quase morri de susto.

Olhei confusa para ele, que me olhava parecendo achar divertida minha reação. Meu ar foi quase todo embora, não apenas por não vê-lo há quase quinze dias, mas também porque achei que precisaria de um pouco mais de tempo para me preparar para aquele encontro. Mas, no fundo, eu sabia que não importava quanto tempo me preparasse, Lorenzo sempre faria com que meu corpo reagisse até mesmo a um mero encontro.

Mas como era possível que ele já tivesse chegado? Não haviam se passado nem dez minutos desde que nos falamos ao telefone. A não ser que...

— Você estava aqui — concluí meu pensamento em voz alta e ele assentiu em silêncio. — Quando você descobriu?

— No mesmo dia. — Desviou o rosto do meu, olhando para o mar que estava em nossa frente.

— Como? — Eu estava surpresa.

— Cheguei à sua casa quando não tinha nem mesmo meia hora que você tinha saído. Fiz sua mãe me prometer que ligaria, caso você entrasse em contato e foi o que aconteceu. À noite, ela me ligou e disse que você tinha ligado, que estava bem e que, enquanto se falavam, ouviu barulho de mar. Então eu apenas sabia que estava aqui. — Deu de ombros, me deixando chocada sobre como ele parecia me conhecer.

— Você não me ligou. — Meu tom de voz saiu um pouco mais magoado do que deveria, o que fez com que ele tornasse a olhar para mim.

— Você pediu que eu não fizesse. — Seus olhos nunca deixaram os meus enquanto dizia, meu coração estava acelerado, apenas por vê-lo depois de tantos dias.

— Quando você chegou? — eu precisava saber.

— No dia seguinte.

Quando saí de casa, pedi que minha mãe entregasse a ele um bilhete. Nele eu escrevi que precisava fazer isso, que estava vindo dar um tempo para mim e pedi que não me procurasse, que eu faria isso assim que retornasse.

No entanto, ele estava me contando que não apenas respeitou meu pedido, como também sempre esteve ao meu lado, me esperando, mesmo que eu não fizesse ideia disso. Uma onda de carinho, saudades, amor, até mesmo de tesão — porque eu não era de ferro e ainda por cima estava com os hormônios da gravidez aflorados —, me engolfou enquanto olhava para ele e, quando dei por mim, estava com lágrimas nos olhos.

Eu precisava falar. Precisava, mas as palavras me faltavam. Apenas conseguia pensar em estar com Lorenzo, mas talvez, quando ele soubesse que eu estava grávida, tudo mudasse.

— Foi o suficiente para você esse tempo? — Sua pergunta me pegou desprevenida e, mesmo receosa, respondi:

— Sim.

— Preciso te falar uma coisa.

— Fale. — Estava quase sem voz quando balbuciei a resposta.

— Sabemos que nós dois somos muito diferentes, que não temos nada a ver um com o outro. Somos completamente opostos. Mas a verdade é que adoro o quanto você é autêntica e rio com suas respostas na ponta da língua, embora muitas vezes tenha vontade de te dar uns tapas. Minha vida era um mar de tranquilidade.

— Você está terminando comigo? — Minha pergunta saiu estridente, o que o fez sorrir.

— Para terminar alguma coisa, precisamos começar. — Abri a boca para responder, mas ele continuou: — Tudo era tranquilo, tedioso. Hoje estou no inferno sem você, Ava. Você não sabe o quanto foi difícil para eu deixar que tivesse esse tempo, porque eu só pensava em ir até você. Estava ficando louco. Eu não quero mais a vida vazia e organizada que você bagunçou completamente, quero você. Você me completa. Faz-me sentir inteiro. Ensinou-me a amar com todas as forças que o coração oferece, me fez sentir como nunca, me fez viver. Você não consegue ser apenas uma mulher, você é muito mais do que isso. Você é aquela que entrou na minha vida e não se contentou em ser apenas a mulher que eu amo, fez muito mais. É a mulher que admiro e a qual quero passar minha vida toda.

Eu chorava sem parar quando Lorenzo ajoelhou-se em minha frente e tirou um pequeno estojo de veludo do bolso. Abrindo-o diante de mim, um lindo par de grossas alianças de ouro o preenchia, sendo uma delas, a menor, toda cravejada de diamantes.

— Ava, minha Bandida, eu amo você. Aceita se casar comigo e ser só minha para sempre?

Chocada. Abismada. Admirada. Tudo "ada" e mais um pouco, era exatamente como me sentia diante desse pedido inesperado.

Com as duas mãos na boca a fim de impedir-me de gritar e pular sobre ele, tentei recuperar minha respiração. Por um momento até mesmo acreditei que não era real, que era apenas um sonho.

Deveria estar um pouco chocada demais, porque Lorenzo segurou meu rosto e perguntou:

— Você está bem?

Confirmei com a cabeça.

— Você ouviu o que eu disse?

Acenei novamente e ele franziu o cenho.

— Estou começando a ficar preocupado.

— Eu também — admiti.

— Por quê?

Tentando controlar meu nervosismo, respirei fundo para perguntar:

— Vamos ao que interessa: Você trouxe a calda de chocolate que pedi?

Ele me olhou confuso, certamente não esperando que, quando eu abrisse a boca, diria aquilo.

— Ava... Eu acabei de te pedir em casamento, você nem me respondeu e apenas perguntou se eu trouxe a maldita calda de chocolate? — perguntou confuso e irritado ao mesmo tempo.

— E quem disse que isso não é sério? Estou com desejo e isso definitivamente é sério. Além do que, agora eu não posso mais ser só sua, você terá que me dividir com outra pessoa.

— Ava... — ele rosnou e foi impossível não me divertir com seu ciúme.

— Estou grávida, Lorenzo. Minha resposta é sim e quero você com calda de chocolate agora!

EPÍLOGO

Uma tarde de verão, ao pôr do sol, de pés descalços, cabelos ao vento, no nosso cantinho na praia que finalmente aconteceu. Meio gay, mas era assim mesmo, em uma cerimônia quase poética, depois de meses de espera, que nosso casamento se realizou.

Depois que minha sobrinha de quatro anos, Sara, filha de Liv e Tony, entrou de dama de honra jogando pétalas de rosas brancas, Ava parou na entrada do corredor florido. Ela estava realmente emocionada e eu também. Meu coração batia absurdamente acelerado, cada parte minha sentia uma felicidade tão grande que a impressão que eu tinha era de estar prestes a explodir.

Meu Deus! Como podia ter ficado tão besta e sentimental?

Tive minha resposta no momento que ela sorriu para mim, aquele sorriso tão lindo, que parecia iluminar a minha vida e iluminava. Ava estava de braços dados com meu pai, que caminhou com ela pela areia ao som da *Ave Maria*, tocada apenas por violinos, vindo em direção ao pequeno altarzinho montado na praia, onde eu estava à sua espera.

Contrariando o casamento pomposo e cheio de frescura que minha mãe queria para nós e a sociedade certamente esperava, tínhamos optado por algo simples e só nosso, no nosso paraíso particular. Apenas amigos e familiares estavam presentes e era o que nos bastava.

No altar, eu estava acompanhado da minha mãe e dona Dinorá, que haviam entrado comigo. Meus padrinhos eram Ben e Carla, com a pequena Kamila, que tinha um pouco mais de quatro meses. Bem como

Tony, Liv, minha irmã e cunhado, que haviam vindo da França para o casamento. E do lado de Ava, estava Fabi, sua ex-vendedora da lojinha e agora gerente de uma das suas filiais, e Marcelo, seu ex-namorado. O que, decerto, havia gerado certa briga entre nós quando ela o escolheu como padrinho. Mas, como sempre, Ava quem mandava e levou a melhor. Afinal, ela fora bem persuasiva.

A escolha do padre foi outra briga e que Deus me perdoasse, mas eu ainda olhava com cara feia para ele. Ava bateu o pé querendo o Padre Fábio de Mello e claro que não gostei, porque a safada já havia confessado ter sonhos eróticos com o padre metido a galã. Mas, como não tinha nada que eu não fizesse por e para ela, acabei sendo convencido. Ou melhor, ela me convenceu de uma forma bastante satisfatória.

Com os pés descalços, eu usava um conjunto de terno cinza-claro, uma camisa branca por dentro e sem gravata. Os tons claros foram escolhidos para combinar com o casamento ao pôr do sol, assim como o restante dos convidados todos usavam roupas brancas, conforme pedimos.

Eu nunca havia visto Ava tão linda. Seu vestido de noiva havia sido desenhado por ela mesma. Decotado, sensualmente colado ao seu corpo voluptuoso da gravidez e com uma pequena cauda que se arrastava pela areia, bem como um véu um pouco abaixo da cintura e um buquê com flores brancas nas mãos. Seu cabelo dourado estava semipreso, adornado com uma tiara, que os deixou livres ao vento suave que soprava.

Ava sorria de volta para mim, seus olhos fixos nos meus, sem nunca perdermos a conexão que tanto nos ligava e nos prendia. Eu nunca havia tido o sonho de me casar, mas desde que a conheci, que não tinha nada que eu não quisesse mais do que me casar com ela, ter nossos filhos e sermos felizes juntos.

Grávida de sete meses, eu não queria ter esperado tanto para nos casar, mas, por mais que morássemos juntos e quisesse amarrá-la logo a mim, entendi que ela queria realizar-se antes de chegarmos a esse momento. E eu estava feliz por ela.

Depois que descobriu ter o dinheiro que seu pai lhe dava ao longo dos anos, Ava decidiu expandir seus negócios e passou os últimos meses cuidando de cada detalhe, tornando a *Estilo Ava* um verdadeiro sucesso. Eu sabia que isso era importante para ela e mesmo que não tivesse aceitado um centavo meu, apoiei-a e estive ao seu lado em cada decisão, em cada momento, como um companheiro deveria fazer.

Embora Ava tivesse usado o dinheiro de Jorge, que era por direito seu, ela não quis realmente tentar alguma aproximação com o pai, mesmo que ele tenha tentado desde que a conhecera. Era uma decisão dela, eu não poderia forçá-la a fazer algo que não queria e por isso apenas respeitava.

Se com o pai ela não quis contato, com a família dele pior ainda. Angélica foi condenada pela justiça por falsificar os produtos da sua loja, além de falsificar documentos e tentar incriminar Ava. O que gerou uma indenização bem gorda para família Reale ter de pagá-la.

Bianca, ex-amiga de Ava, também teve que responder processo por falso testemunho e confessou ter feito tudo isso por pura inveja daquela que fora sua melhor amiga um dia. Além do que admitiu que sempre foi apaixonada por Marcelo, que nunca havia dado bola para ela, mas que acabou confessando para Ava que, mesmo na época que namoravam, que ela dava em cima dele e ele nunca aceitou uma aproximação sua. O que o fez ganhar nosso respeito.

Apesar de termos demorado a chegar a esse momento, ver sua barriga grande de sete meses, carregando nosso bebê, deixou tudo ainda mais completo e perfeito.

Ava finalmente chegou ao altar e, quando me aproximei, meu pai disse baixinho:

— Você é muito especial.

— Obrigado, pai — agradeci, realmente tocado com suas palavras. Não esperava por aquilo.

— Estou falando de Ava, Lorenzo — disse nos fazendo rir e tudo fez sentido. — Tome conta dela, filho.

— Pode deixar. Vou cuidar dela com a minha vida, porque ela é a minha — garanti, deixando Ava ainda mais emocionada.

Olhávamo-nos com amor, sem conseguir parar de sorrir, apesar da emoção tamanha. Acariciei sua barriga, doido para que nosso filho chegasse logo, apesar do danadinho não nos deixar saber seu sexo durante nossas tentativas de descoberta nos exames.

De braços dados, completamos o caminho que restava até o padre e, quando a vi sorrindo para ele, tratei de cutucá-la e permaneci com meu olhar sério sobre ele.

Sim. Nada de Padre Gatinho de Mello para cima da minha Bandida!

A cerimônia começou e, apesar de achar todas iguais, dessa vez realmente fiquei comovido com as palavras do padre galã. Ele falara lindamente sobre a importância do respeito e do amor, o que deixou todos os presentes emocionados e a mulherada babando.

É... Esse só não pegava ninguém porque não queria mesmo!

Na hora de trocar as alianças, tive que respirar fundo, porque estava realmente emocionado e não tinha vergonha alguma de admitir que chorava. E foi olhando nos olhos cor de mel da minha bandida que repeti meus votos, como me foi ordenado:

— Eu, Lorenzo Bernardi, recebo-te como minha esposa, Ava...

Ela tentou me cortar com um murmúrio, que mais pareceu um rosnado:

— Lorenzo!

Mas eu não me importei, continuando:

— Ava Gina Pinto da Silva...

Rosnou quando me ouviu dizer seu nome completo, enquanto nossos amigos e familiares seguravam seu riso em respeito a ela.

O quê? O nome podia ser escroto, mas eu tinha que fazer essa porra direito!

— E prometo ser-te fiel... — continuei, ignorando sua cara braba. — Amar-te e respeitar-te, na alegria e na tristeza, na saúde e na doença, todos os dias das nossas vidas.

Quando terminei de falar, a raiva por eu ter dito o nome dela em voz alta parecia esquecida, nossos olhares e lágrimas espelhavam nossas emoções. O padre galã continuou a cerimônia e finalmente nos declarou marido e mulher.

E quando chegou a hora do tão esperado "pode beijar a noiva", sob as palmas dos nossos convidados, a beijei como nunca fiz antes. Não um beijinho casto, mas um beijo repleto de amor, paixão, selando a promessa de uma vida de felicidade.

Nossas bocas se separaram e caí de joelhos sobre seus pés, onde beijei sua barriga com igual amor, enquanto murmurava baixinho para nosso filho o quanto estávamos ansiosos e felizes pela sua chegada iminente.

— Eu te amo, minha Bandida — sussurrei, quando beijei sua boca novamente.

— Eu te amo, meu amor — respondeu, também muito emocionada.

Ava ria entre lágrimas, enquanto todos ainda batiam palmas e assoviavam. De braços dados com ela, andamos pelo corredor, enquanto nossos convidados derramavam chuva de arroz sobre nós e faziam algazarra, gritando.

A festa foi organizada na área da piscina da casa e, quando chegamos ao local, nossos convidados nos cumprimentaram e o meu presente de casamento começou a festa.

— E aí, minha gente? Vamos começar a festa? — perguntou ao microfone, sobre o pequeno palco improvisado.

— Oh, meu Deus! Não acredito! É a Valeska Popozuda! — Ava gritou animada, antes de vir me agradecer com um beijo, ao mesmo tempo que a música do *Beijinho no ombro* começava a tocar.

É. O que um homem não faz pela mulher que ama?

— Ainda bem que eu vim preparada — Ava disse, antes de arrancar a barra do vestido, deixando-o quase indecente de tão curto.

Ok. Isso me pegou de surpresa!

Ava começou a dançar, como se não estivesse carregando naquela barriga enorme um bebê de mais de 2,5kg, segundo seu último ultrassom. Minhas cunhadas loucas se juntaram a ela na pista e começaram a requebrar demonstrando *a matemática do quadradinho* que aprenderam com minha esposa. Não demorou muito para que os convidados e até mesmo minha mãe e sogra estivessem rebolando o popozão ao som da Valeska Popozuda.

♥

Abracei Ava por trás, que se derreteu toda quando beijei seu pescoço. Ela havia dançado bastante e aproveitado até o último segundo o show da Valeska, que depois de tanto conversarem durante a festa, pareciam ter se tornado BFF[9]. Depois disso tomou a sábia decisão de ficar quietinha, como não havia ficado a festa toda.

— Feliz? — perguntei e ela riu.

— Muito. — Virou-se em meus braços e me olhando nos olhos disse: — Já disse que sou a mulher mais sortuda do mundo?

— Já. Mas eu ficaria feliz em ouvir novamente. — Sorri com amor.

— Lorenzo Bernardi, eu sou a mulher mais sortuda do mundo, porque tenho você. — E o bobo aqui sorriu ainda mais.

— Ava “apenas” Bernardi, sem mais aquele segundo nome ou sobrenome obscenos, eu sou o homem mais feliz do mundo. — Seus olhos se iluminaram de lágrimas não derramadas.

— Que bom que você me livrou deles. Serei eternamente grata. — Riu, travesso.

9 Do inglês Best Friends Forever, tradução: Melhores amigas sempre.

— Grata como? — perguntei, com um sorriso malicioso.

— Me deixe mostrar o quanto sou grata. — E então me beijou na boca de maneira apaixonada.

Estava prestes a arrastá-la para começarmos nossa noite de núpcias, quando senti algo molhar os meus pés.

— Minha *band,* acho que você derramou sua bebida — falei rindo.

— Amor, eu não estou bebendo nada. — Sua cara pareceu um pouco assustada quando me respondeu.

Olhei para ela sem entender e de volta para meus pés, quando então me dei conta do que estava acontecendo.

Ai, meu Deus! O bebê ia nascer!

♥

— Lorenzo, fique calmo, senão você vai deixar Ava nervosa — minha mãe pediu, enquanto eu andava de um lado ao outro na sala de espera.

Quando a bolsa de Ava estourou, foi uma confusão só. Todos andavam de um lado ao outro, pensando no que fazer, enquanto Ava simplesmente se sentou em frente ao bolo de casamento e começou a comê-lo. Quando perguntei o que estava fazendo, ela respondeu que estava comendo, esperando terminarmos de entrar em pânico.

Apesar de louca, minha esposa parecia a mais calma entre todos. Meu pai acabou sendo o mais racional e conseguiu chamar alguns helicópteros para pegar toda a família e nos encaminhar em segurança ao hospital. Como ainda estava de sete meses, Ava tinha sido levada para fazer alguns exames, enquanto esperávamos na sala de espera.

— Ela ainda não voltou? — Olívia indagou, nada preocupada, chupando sua manga, entrando com Antony, que estava todo esbaforido ao seu lado.

Cinco minutos mais cedo, eu queria matar minha cunhada. De verdade. Minha mãe resolveu fazer uma corrente de orações e estávamos todos em coro no meio do *"Ave-Maria, cheia de graça...",* quando ouvimos o barulho de uma fruta caindo da mangueira que ficava ao lado da janela e Olívia gritou:

— Olha a manga! — E simplesmente saiu correndo, com meu irmão no seu encalço.

Sério! Só não a matei, porque ela estava grávida novamente!

— Ainda não. Estou prestes a entrar nesse caralho! — grunhi.

Mas foi justamente naquele momento que a enfermeira resolveu chegar e chamou para que eu me preparasse para entrar na sala de parto.

Devido ao tempo de gestação, o parto teve de ser uma cesariana e não soltei a mão de Ava um só segundo. Ela parecia mais tranquila do que eu e tentei engolir meu nervosismo, porque precisava ser forte para ela. Quando o choro forte veio, o alívio foi imediato e nós dois choramos juntos, muito emocionados.

— É um menino. Um grande menino. Parabéns! — a médica disse, deixando-nos ainda mais felizes.

Um menino! Meu menino!

Inclinei-me e a beijei. Logo a enfermeira colocou nosso menino sobre Ava e com ele ali entre nós, agradeci a Deus por tamanha bênção.

— Ele é lindo — murmurei, o tom da minha voz não negando em nada minha emoção pelo momento.

— Muito lindo. Ele é sua cara, amor. Olha o tamanho do pau dele — ela disse em voz alta, me deixando bobo.

Sim. Pauzudo igual ao pai!

— Sou lindo, né, papai? — Sorri, beijando sua cabecinha, ignorando os olhares chocados da equipe médica que nos rodeava. — Bem-vindo, Florisberto — saudei-o e Ava me olhou com uma careta.

— Floris... o quê? — Sua pergunta saiu um pouco aguda demais.

— Florisberto. — Dei de ombros.

— Tá de sacanagem, né? — perguntou, quase estourando meus tímpanos.

— Não. É o nome do meu avô. Você sabe.

Como não sabíamos o sexo, havíamos decidido escolher o nome apenas quando o bebê nascesse. E como nasceu um menino, eu tinha que cumprir a promessa que fiz a minha mãe anos antes.

— Com todo respeito, seu Flor vai entender minha escolha, onde quer que ele esteja, mas meu filho não vai chamar Florisberto, Lorenzo — foi taxativa.

— Com licença, mas eu preciso levar o bebê para fazermos todos os procedimentos — a enfermeira falou sem graça com nossa pequena discussão diante do nosso filho inocente.

— Mas eu prometi a minha mãe que meu primeiro filho se chamaria Florisberto — tentei convencê-la e Ava bufou, antes de começar a rir.

— Você é muito idiota mesmo, Lorenzo. Sua mãe me contou que fez isso só para ter certeza de que você estava arrependido de não tê-la ouvido — gargalhou. — Agora vou ter que pagar uma aposta para ela, porque ela apostou comigo que você ia dizer isso.

Eu fiquei chocado. Demais da conta. As duas estavam o tempo todo rindo à minha custa? Por que ainda estava surpreso?

— Lorenzo.

— Oi.

— Não estou te chamando. Estou dizendo que nosso filho se chamará Lorenzo. — Sorriu, me deixando ainda mais bobo, quando a enfermeira o trouxe de volta para nós.

♥

Lorenzo Filho nasceu extremamente saudável, mesmo tendo vindo ao mundo antes do tempo. Nem mesmo precisou ficar na incubadora, pois nasceu com o tamanho e peso de um recém-nascido de nove meses, com 4,100Kg e 53cm e um pulmão excelente. A médica disse que se tivesse esperado até os nove meses, ele seria um bebê gigante. Ainda bem que ele não nasceu de parto normal, porque senão certamente arregaçaria meu parque de diversões.

Amém, Jesus! Obrigado, Senhor, por esse livramento!

Alguns meses depois, finalmente fui cumprir a promessa que minha mãe havia feito. Na festa do Padroeiro da Igreja de Santo Antônio, com Lolozinho nos meus braços, entrei na igreja vestido de Santo Antônio e passei toda a missa na frente do altar daquela maneira, para deleite dos meus irmãos, que registraram meu mico épico de todas as formas possíveis e garantira que esse momento seria repassado por gerações da nossa família.

Eu teria cortado laços com minha mãe se sua bendita promessa ao Santo não tivesse se realizado e me dado Ava e nosso filho. Então, apesar de não ter ficado feliz, apenas me conformei com meu destino. Afinal, esse mico foi um pequeno preço a pagar por tudo que ganhei.

Ava estava lá também, se segurando para não rir. Na verdade, ela chorava de rir. Mas fez questão de garantir que era apenas a emoção pelo meu gesto, como se eu não a conhecesse. Nós ainda não sabíamos naquele momento, mas ela já carregava em seu ventre mais um fruto do nosso amor: a Flor.

E algum tempo depois, tive que pagar a promessa de Ava, que ao invés de envolver ela própria para cumprir, fez com que eu entrasse na igreja vestido de anjo e com a bunda de fora ainda por cima. Nunca seria respeitado nessa família, eu tinha certeza disso.

Minha vida nunca mais teve sossego, claro. Ainda mais com uma esposa como a minha, uma família louca e dois filhos tão "calminhos e doces" como a mãe. Embora eu sofresse um pouco, sem sombra de dúvidas, era feliz e achava melhor fazer uma vasectomia para parar de procriar.

FIM.

EM BREVE

Antony e Benjamin Bernardi eram verdadeiros *bons vivants,* acostumados a fazerem o que quiserem e terem as mulheres mais belas aos seus pés. Mas, como acontece com todos os homens galinhas que já quebraram alguns corações em seu percurso, um dia chega uma mulher para abalar seu mundo. E foi exatamente isso que aconteceu com eles.

Entre confusões, muitas risadas e, claro, com muitas lições de Olívia e Carla, conheceremos a história de como esses dois foram domados por suas respectivas mulheres.

Mas não é só isso, chegou o momento de conhecer o início da "Maldição dos Bernardis" e como a mesma funcionou para os outros membros da família que aprendemos a amar.

AGRADECIMENTOS

Esse livro nasceu de um sonho que definitivamente mexeu com a minha cabeça e, quando acordei, já me vi escrevendo sobre Lorenzo e Ava, que pareciam sussurrar em meu ouvido para que eu contasse sua história e eis que estamos aqui.

Meus amores, minha vida, minha família. Por tudo. Sempre e para sempre! <3

As minhas dramáticas Marta, Tati, Carlie, Kami e Sara, por fazerem dos meus dias mais felizes e me apoiarem em cada momento.

Kami e Sara, depois de tanto me encherem, podem gritar e comemorar, porque teremos em breve a história de Ben e Tony! (risos).

Thu, Taci e Thais, que mesmo quando sumo, sei que, quando preciso, tenho elas.

À Carlie Ferrer, minha BFF, por ser quem és e estar lá por mim independente de qualquer coisa. A Maria Rosa, por ser essa amiga leoa e leal. Sempre agradecerei pela amizade de vocês e por dividirem comigo esse sonho.

A Martinha, por ser meu norte, aonde quer que estejamos. Kamila Cavalcante, por rir e chorar a cada loucura que decido escrever. A Larissa Maps, por ter chegado em minha vida e se instalado de tal forma, mostrando que veio para ficar! Amo vocês! <3

A Panela de Pressão: Joice Bittencourt, Evy Maciel, Sue Hecker, Kacau Ti Amo, Márcia Lima, Sylmara, Bya Campista, Camila Ferreira... Meu apoio de cada dia! <3

Ao *Lado Purpurinado da Força:* Villar, Paulinha, Liv, Sara, Marta e Kami, por serem a purpurina que faltava em minha vida! Amoooo <3

A Evelyn Santana, por me deixar louca e também entender minhas maluquices, cuidar dos meus filhos como se fossem seus! Amo você! <3

As minhas colegas talentosas que colorem o mundo: Mary Oliveira,

Milena Cavalcanti, Ali Graciotte, ALC Alves, Bia Tomaz, Lucy Berhends, Janaína Rico, Nana Pauvolih, S Miller, Ju Mendes e LM Gomes.

Danilo Barbosa, meu agente por não apenas acreditar em mim, mas também cuidar de mim como ninguém! Gracielle Rattes, por estar sempre ao meu lado e me ajudando a abrir tantas portas maravilhosas. <3

Aos meus queridos, Alinne Leite, Mayse Margarida, Thays Lima, Bianca Patacho, Vanessa Fiorio, Aline Mendes, Aline Silva, Deisi Riewi, Débora Favoretto, Mari Sales, Diana Medeiros, Anne, Ellen, Nilton, Mariana Ornelas, Marianna Rodrigues, Dammy, Veveta, Daiane Marinho e todos os meus parceiros, que me apoiam a cada dia! <3

A toda equipe da Editora PL, em especial Lis, Nath, Brooke, por me receberem de braços abertos e terem me aceitado nessa família tão talentosa. E a Carla Santos e Denis Lenzi por cuidarem do meu filho e ajudarem a levarem ele para o mundo. Nunca serei capaz de agradecer.

As minhas Princesas de sempre. Minhas leitoras queridas. Por sempre se proporem a estar ali, lendo qualquer coisa que eu decida publicar. Vocês são maravilhosas! <3

E a você minha leitora, que me acompanha em cada livro e mergulha em cada história e sonha comigo, apenas obrigada.

Amo vocês!

Beijos,

Míddian Meireles

Confira a playlist